李白传

锦泠 ◎ 著

国文出版社
·北京·

图书在版编目（CIP）数据

李白传 / 锦泠著. -- 北京：国文出版社，2025.
ISBN 978-7-5125-1768-4

Ⅰ.I25

中国国家版本馆CIP数据核字第2024ED0634号

李白传

作　　者	锦　泠
责任编辑	侯娟雅
责任校对	王　飞
出版发行	国文出版社
经　　销	全国新华书店
印　　刷	三河市天润建兴印务有限公司
开　　本	880毫米×1230毫米　　32开
	9印张　　　　　　　　　178千字
版　　次	2025年3月第1版
	2025年3月第1次印刷
书　　号	ISBN 978-7-5125-1768-4
定　　价	49.80元

国文出版社
北京市朝阳区东土城路乙9号　　邮编：100013
总编室：（010）64270995　　传真：（010）64270995
销售热线：（010）54271187
传真：（010）64271187-800
E-mail: icpc@95777.sina.net

序言

李白，字太白，号青莲居士，又号"谪仙人"，以其浪漫主义的艺术风格横空出世，纵横于大唐诗坛，开一代诗风，成为唐代伟大的天才诗人之一。

尤其是他的乐府、歌行和绝句等诗作，气势磅礴，意境高远，宛如仙境，直上九天，揽明月，摘星辰，凭借其非凡的想象力和创造力，惊艳绝世，成为文学史上的瑰宝，开创了古典诗歌的黄金时代，将中国的诗歌艺术推向巅峰，被誉为中国古代诗歌史上的杰出代表，享有"诗仙"的美誉。

除了诗，还有"李白词"，一样脍炙人口，如《清平乐·画堂晨起》《忆秦娥》和《菩萨蛮》等备受推崇，堪称文学史上最早探索词的文人。

李白传

而回顾中国古代文学史,恐怕没有哪位诗人能像李白这样令人瞩目。

他遨游在自己的世界里,善的,恶的,爱的,不爱的,天上的,人间的,俱加荟萃,杂糅成文。每一字,每一句,每一篇,都犹如狂风骤雨,雷霆万钧,以惊人的力量和气势,撼动无数心灵,激起壮阔波澜,令众生心摇神荡,成就了文坛的宗师地位。

诗圣杜甫盛赞他是"笔落惊风雨,诗成泣鬼神"的一代诗界泰斗,其诗才独步天下,震古烁今,直叫人仰慕不已。

当代诗人余光中曾赞叹他"绣口一吐,就是半个盛唐"的艺术魅力,如同天外来客,无人可及。

李白与杜甫并称为"李杜",与南唐李煜、宋代李清照并称为"词家三李",与大唐第一剑客裴旻的剑术、张旭的草书,合称为唐朝"三绝"。事实上,李白的书法造诣也极深,不流凡俗,其存世的唯一书法真迹,曾令历代大家激赏不已,为之倾倒。剑术更是非同一般,号称诗剑双绝,只不过,被他辉煌的诗篇所掩盖。

李白的道术也颇深,受过道箓,炼丹求药,修行三十年,笔卷天河,气拂云,因此赢得"诗仙""酒仙""谪仙人"的声誉。恰如龚自珍所述:"庄、屈实二,不可以并,并之以为心,自白始;儒、仙、侠实三,不可以合,合之以为气,又自白始也。"也就是说，庄子和屈原，本不应相提并论，但若以他们的精神内涵为心，将两者融合的创始人是李白；儒家、仙人、侠客实则三者，也不应简单合一，但若以他们的气质融合为气，这样的融合也同样始于李白。

当然，李白的酒也是举世皆知，饮酒一斗，便可成诗百篇，豪饮之下，更是诗情滚滚如惊涛骇浪，肆意遨游在自己的诗酒江湖，酿七分月，啸三分剑，跌宕起伏，激荡出他的一生。

李白自五岁起，启蒙背《六甲》，十岁涉百家，十八岁读书学剑，年二十仗剑走天涯。然而，尽管才华横溢，却仕途艰难，报国无望，直到四十多岁，才奉诏入京，却也仅仅一年半，便被赐金放还。之后，十二载的诗啸江湖，虽然成为诗坛巨擘，却生活坎坷，一度岌岌可危。最后还在安史之乱间，上演了一阕大唐悲歌，乌龙入狱，以五十七岁的老迈之身被流放夜郎。即便后来终于遇赦，却在归来途中历经战乱，不仅滞留荆州，还病倒金陵，在无奈的哭声中绝笔当涂，结束了传奇的一生。

可叹一代诗仙，直至诗魂仙逝，终是情未了。

曾记，年少时读李白，只读了他的诗词，一句毕，便有无限的冲击力，直惊动于他的飞扬跋扈，揣测不出其深意，便坠入那狂风巨浪般的气概与壮烈。直到几年前，病中写《杜甫诗传》，写到"不见李生久，佯狂真可哀"时，突然胸口一悸，一刹那间才惊觉到他"狂"里的哀与痛；才惊悟到他跌宕起伏的一生，看似绚丽多姿，实则有多苦；才洞穿世事无奈，看清他生命当中最隐秘却又着实令人心动的、短暂又粲然的遒劲与凛冽。即便游历了大半个中国，颂尽了大唐盛世的山河，书写了一千多首浩瀚的诗篇，屹立在风华绝代的诗文史上，成为光耀千古的伟大诗人，然而那出窍的灵魂、翩跹的仙姿，始终挣扎在红尘俗世的羁绊里，不停地奋斗、探索，直至生命的最后。

不由得，已是热泪盈眶。

在我，也已经是中年后，遽然遭遇了命运的碾压，至病倒的这一刻，才蓦然惊痛李白当初的奉诏入京，成为陪侍弄臣时的被摧残与挣扎，有多悲哀。

于是，忍不住，我对李白的人生细细品读。

这一品，居然发现，不管这世间有多凄惨，他都始终爱着这人间。这山河岁月，这辗转光阴，多美好，多珍贵，多值得！无论是醉酒当歌，还是潦倒不堪，无论是诗人、剑客，还是道士。正因为有这样波澜壮阔的经历，他才吟出那么惊心动魄的诗句，活出生命的巍峨，抵达人生的妙境与辽阔，最终走出世俗的苦，以超拔的诗歌，独步天下，拥抱了更加宽广的世界和无限可能。

至此，李白以其豪迈传奇的一生，历经淬炼而精神盛大的图腾，陪伴我度过人生的这段困境，引领我韧忍而执着地永葆初心，乐观向上，宛如绝处逢生般奋斗在梦想的路上。

至此，我才明白，李白能让世人念念不忘，家喻户晓，除了他脍炙人口的蓬莱文章，更有建安骨、赤子心，将他永不退缩、永远前行的豪迈和奔放情怀传递给后世，启迪着后世的我们，无论世事怎样无常诡谲，岁月如何荒凉多舛，生活如何荆棘密布，要始终拥有"愿将腰下剑，直为斩楼兰"的炽烈与热望，拥有"骑鲸归汗漫，濯足戏沧浪"的潇洒与乐观，俯瞰尘世的不堪。诚如唐时齐己的《读李白集》所言："锵金铿玉千馀篇，脍吞炙嚼人口传。须知——丈夫气，不是绮罗儿女言。"亦如郑谷吟："何事文星与酒星，一时钟在李先生。高吟大醉三千首，留著人间伴月明。"

黄彻在《巩溪诗话》中也云："如论其文章豪逸，真一代伟人。"以及李阳冰于《草堂集序》曰："凡所著述，言多讽兴。自三代以来，风骚之后，驰驱屈宋，鞭挞扬马，千载独步，唯公一人。"

王国维的《人间词话》亦曰："太白纯以气象胜。'西风残照，汉家陵阙'，寥寥八字，遂关千古登临之口。"

朱熹评价李白的诗"非无法度，乃从容于法度之中，盖圣于诗者也"。

陈亮在《谪仙歌》中更是说:"李白字太白,清风肺腑明月魄。扬鞭独步止一人,我诵太白手屡拍。"

李白的诗句,被无数人吟咏。李白的传奇一生被无数人传颂。无数人神往李白"天生我材必有用,千金散尽还复来"的快意洒脱。虽然未能实现济苍生、安社稷的夙愿,他却在历经坎坷、屡遭打击时,终不减其雄心壮志,以出世的诗句,抚慰着无数颠簸于红尘俗世的灵魂,敞亮地去追求,去奋斗。这才是芸芸众生行之历程上不可或缺的精神财富、宝贵的内在能量。

在人生困惑时,愿我们都能读一读传记,传记里藏着人生的智慧,藏着人生的答案。特别是李白的传记,足以映照人生。他的每句诗、每个字,都渗透了人生的万千感悟,启迪着我们的思维,帮助我们拓宽视野、丰富内心,激发我们的想象力,赋予我们勇气和信心,激励我们走出低谷,迎风破浪,勇往直前,淬炼强大的内心,从容应对人生的困境和挑战。

最后,感谢为本书出版付出辛苦和心血的所有编辑老师,正因为你们,我们才有如此机会全面梳理,了悟一个伟大诗人的精神底蕴和生命能量,传承并弘扬中华优秀历史文化。同时,也祝愿每一位正在阅读本版《李白传》的读者朋友们,取其精华,汲取滋养,拥有明月般的灵魂,在尘世的喧嚣中,听到自己内心的声音。

目录

第一章　月出峨眉，照蜀道

　　1. 跋山涉水抵青莲 / 001

　　2. 太白金星下凡来 / 005

　　3. 铁杵磨成针 / 008

　　4. 作赋凌相如 / 011

　　5. 读书大匡山 / 014

　　6. 任侠修剑术 / 019

　　7. 寻仙游峨眉 / 024

第二章　辞亲出蜀，仗剑游

　　1. 别匡山，出三峡 / 031

　　2. 大鹏展翅入楚地 / 036

　　3. 剔骨葬挚友 / 042

　　4. 漫步金陵 / 045

5. 千金散广陵 / 051

6. 月下姑苏台 / 056

7. 养望于寿山 / 060

第三章　长安三春，仕途难

1. 隐居桃花岩 / 067

2. 上安州裴长史书 / 073

3. 嵩山小住 / 076

4. 夜宿香山寺 / 081

5. 终南捷径 / 084

6. 游历长安 / 088

7. 从行路到蜀道 / 092

第四章　酒隐蹉跎，又十年

1. 长啸一曲《梁甫吟》/ 099

2. 落魄洛阳 / 104

3. 醉梦仙居 / 109

4. 一封自荐书 / 111

5. 游晋祠 / 116

6. 邂逅王昌龄 / 120

7. 移家东鲁 / 124

第五章　奉诏入京，一年半

1. 竹溪六逸 / 131

2. 御道上泰山 / 137

3. 仰天大笑出门去 / 142

4. 供奉翰林 / 146

5. 云想衣裳花想容 / 149

6. 诽谤酒，醉舞文 / 153

7. 赐金放还 / 158

第六章　诗啸江湖，十二载

1. 高山流水，遇知音 / 165

2. 三人行 / 170

3. 受箓入道 / 176

4. 再见杜甫 / 181

5. 大病一场 / 187

6. 看似江山依旧 / 191

7. 五十岁的诗与思 / 198

8. 幽州的胡马客 / 202

9. 独坐敬亭山 / 208

10. 十七首歌秋浦 / 213

11. 命名九华山 / 217

第七章　大唐挽歌，错付身

1. 避乱剡中 / 225

2. 四十余天永王府 / 230

3. 身陷浔阳狱 / 237

4. 独漉深 / 242

5. 流放夜郎 / 247

第八章　诗魂仙逝，情未了

1. 遇赦东归 / 253

2. 滞留荆州 / 255

3. 病倒金陵 / 260

4. 哭暮年 / 263

5. 绝笔当涂 / 266

后记

参考文献

第一章　月出峨眉，照蜀道

1. 跋山涉水抵青莲

> 青莲居士谪仙人，酒肆藏名三十春。
> 湖州司马何须问，金粟如来是后身。
> ——李白《答湖州迦叶司马问白是何人》

这一年是唐肃宗至德元年（756），李白途经湖州时，答问身世之作。信手拈来，妙趣横生地概括了自己的身世。

立时，让我们窥见了沉溺酒乡三十余载的一代豪放诗人——谪仙人李白，从谪仙人的身份回到青莲居士，回到一语多关的"青莲"。

"青莲"一词，既是他深爱的那朵佛教圣物——净世青莲花，亦蕴含着他的诗词韵味，更是他的故乡——青莲。

青莲，中国四川盆地以西的一个小镇，地处绵阳、江油之间，以盛产莲藕而得名。

青莲，很清贵的两个字，出口清爽，清逸又隽雅，宛如一朵出水芙蓉，洗尽铅华的冰清玉洁，令人心旷神怡。

青莲的山山水水，岚霭悠悠，诗意绵绵，仿如旧时山寨般静谧古老。

青莲有个陇西院，蜚声中外，吸引着芸芸众生络绎不绝地前来瞻仰，从陇西院、太白祠、粉竹楼、明贤祠、月圆墓、洗墨地、磨针溪等，一一追寻着大唐盛世奇才李白的足迹。

陇西院，三个彩瓷镶嵌的大字高悬于朱红色的中门上。旁有左右两扇门，门上悬挂着三副对联。中门联撰写："弟妹墓犹存，莫谓仙人空浪迹；艺文志可考，由来此地是故居。"左门联是："太华直接青莲宅，天宝遥看粉竹楼。"右门联则为："旧是谪仙栖隐处，恍闻昔日读书声。"山门内照壁上，"李白故居"四字格外醒目，旁边附有一篇碑记，记录着陇西院的前世今生。

穿过山门，拾级而来，至庭院，看到高台上的李白塑像，气韵和神采飞扬。塑像左边是李白旧宅，一个小四合院，从门厅到天井，从堂屋到厢房，到卧室、书房、琴房，恍惚间，仿佛看到那个小小的李白的童年身影，奔跑而来。

塑像右边是序伦堂，正中的高台上，是两层殿宇的陇风堂，供奉着李氏先祖李广的塑像，同时陈列着李氏家族的世系表。

李氏家族，起源于古陇西（今甘肃临洮一带），在中华姓氏中享有崇高声望，流芳百世。历史上对李白的家世籍贯存在多种说法，但据清代学者王琦的详细考证，李白"系出陇西汉将军李广后，于凉武昭王为九世孙。当隋之末，其先世以事徙西域，隐易姓名，故唐兴以来，漏于属籍。至武后时，子孙始还内地，于蜀之绵州家焉。因逋其邑，遂以客为名，即太白父也"。

此外，为李白《草堂集》作序的李阳冰，是李白的同族长辈，也提到李白父亲字客是"陇西成纪人，凉武昭王暠九世孙"，以及与李白有通家之谊的范传正，在《翰林学士李公新墓碑》中也记叙，流离散落在碎叶的凉武昭王九世孙李客，于唐神龙年间（705—707），逃归于蜀。

蜀，为四川省的古称，在唐朝的神龙元年（705），四川被称为蜀地。

正是在这一年，一位来自西域的侠客，身佩长剑，肩扛着五岁的小儿，携着妻子，身后跟着车马行李，风尘仆仆地穿越酒泉，过汶川，经绵州，跋山涉水地向蜀地走来。

这是一场举家迁徙。他们从遥远的西域碎叶城出发，日夜兼程，行进在风沙弥漫的西蜀古道上，顶着风，一步一步，艰难地前行着。懵懂的小儿，在父亲的肩上，好奇地问父亲："我们去哪儿？"父亲低沉地回答："回家。"

"家在哪里？"

"家有多远呢？"

小儿继续追问着，问着问着，便在父亲的肩头沉沉睡去。等他醒来，发现父亲背着他还在走，还走在回家的路上。

不知走了多久，风势渐渐减弱，终于，过了江油关后，李客的嘴角微扬，露出一抹微笑，停下脚步，将背上的小儿轻轻放在地上，抬头向前望。

接着，他与身边的妻子对视一眼，便牵着儿子向西行。边走边又背起疲惫的儿子折入一个山清水秀的平坝，只见四周群山环绕，林壑葱郁，禁不住面露笑颜，再次止步，把背上的小儿放在地上。小儿立即在树丛花草间快活地奔跑跳跃，好似在回应着这片土地的呼唤，令他的父亲更加高兴，他对妻子说："是个好地方。"

这个好地方便是以盛产莲藕而得名的青莲镇。

青莲镇，是一个历史悠久、底蕴深厚的古镇，古时称"漫坡渡"，因清澈的廉水（今盘江）而得名"清廉"，后因李白号"青莲居士"而更名为青莲，被四川省授予"中国历史文化名镇"的美誉。

2. 太白金星下凡来

705年，年仅五岁的李白，跟随父母亲从出生的西域碎叶城，跋山涉水来到蜀郡的绵州昌隆县，即今日的四川省绵阳市江油市青莲镇定居后，父亲李客日夜忙碌，很快砌起来一座宅院。

宅院坐北朝南，依山傍水。

房屋虽不算宏大，但厅堂、卧室、书房、厨房、餐室，乃至仆人的住所和马厩等设施一应俱全。更令人称道的是，院落敞阔，足以供人练武习剑。

宅院建成后，年幼的儿子看着父亲将这处宅院题为"陇西院"。父亲讲，他们的祖先为陇西成纪人，并指着院中的一棵李树，深情地说："以后，我们就姓李。"

"这里就是我们的家？"儿子仰起头，突然问父亲，"父亲，为什么离开原来的家呢？"

父亲怔了下，望着儿子好奇的目光，欲言又止，答非所问地对儿子说："父曰李客，你以后就叫李白。"

李客，据清代学者王琦的详细考证，是凉武昭王的九世孙。他们这一支，曾被贬至碎叶，以至于前后五代人不得不改名换姓，沦为平民。直到李客为避难，携着妻儿，悄然潜回，居住在青莲镇。

而眼前这个灵透的五岁小男孩，将会是大唐熠熠生辉的诗坛巨星。当他听到父亲李客赐予他新名字时，一双机灵的大眼睛忽闪忽闪地问："为什么叫李白呢？"

"因为，"父亲这一次没有讳莫如深，而是笑着说，"生你时，你母亲梦见太白金星落入怀中。"

太白金星？那可是天上的神仙哦！小小的李白立时眉开眼笑，满心欢喜地接受了这个名字，在院子里兴奋地跑了一圈。

院子里、屋子里的一切，每个地方，每个角落，他都探索着。在他绕到床榻的一角时，突然被一件东西吸引。此时，阳光透过窗户的缝隙，洒下斑驳的光影。光影里，他欢快的身影、轻盈的脚步停下来，蹲下身子，仔细观察，竟看到一把古朴的长剑，剑柄雕刻着精美的花纹，剑身闪着寒光。他不由得慢慢伸出小手指，轻轻去触摸。冰冷的感觉穿透手指传过来，冷得他猛地起身跑向屋外，大声喊："父亲，父亲，你快来看！"

父亲听到儿子的呼唤，立刻放下手中书卷，走出书房，也被儿子带到剑旁，儿子指着剑说："父亲，你看这剑？"

父亲抚摸着剑柄，欲言又止。

李白的眼睛一眨，问："父亲，我能学剑吗？"

父亲看着儿子的眼神，笑道："等你再长大些。"继而又说："学剑可不是件容易的事，要有耐心、毅力和勇气，你好好准备吧。"

李白坚定地点点头。

不久后,父母带李白外出,途中偶遇一片盛开的李花。父亲李客在花前驻足,稍作沉思,随即吟诵道:"春风送暖百花开,迎春绽金它先来。"母亲闻声,微微一笑,接着吟道:"火烧杏林红霞落。"语毕,低头看李白,李白在母亲的笑容里,脱口而出:"李花怒放一树白。"

干脆利落的七个字,霎时震惊了李白的父母亲,尤其是父亲,一把抱起儿子,激动地在地上旋转,惊叹道:"好一个李白,吾的儿,真是太白金星下凡,非同凡响!"

如此,奇才李白诞生了。

他的生命,早早地嵌入了诗魂,不仅得名李白,成年后还得字太白,寄予着父亲对他的厚望,希望他长大后能成著名诗人,光耀门楣。

而李白,终不负所望,在不久的将来,已然文武双全,长成才华惊艳的绝世男儿,直至后来的后来,横空出世,才情纵横,每一首诗词都能传遍天下,以一己之力撑起半个盛唐的文学,成就一段不朽的传奇,成为盛唐时期乃至整个中国文学史上的巨匠,名扬四海。

3. 铁杵磨成针

定居陇西院后，父亲李客便开始教儿子接受汉族的传统教育。

这一天，在户外日日嬉戏的小李白被父亲唤进书房。父亲说："来，为父教你认字。"

李白有些不情愿地放下手中的树枝，走向书案。

案上已经摆了好多古籍，弥漫着淡淡墨香。

李客微微笑着，看着儿子坐好，拿过来一本泛黄的古书，指着上面密密麻麻的文字，说："你看，这是我们汉族的传统知识。"然后，他耐心地解释："这是十个天干，这是十二个地支，它们相互搭配，形成了六十个组合，每个组合都有其独特的意义。"

李白好奇地瞅着这些组合，双眸渐渐闪烁起光芒，听父亲继续说："你看，这里有甲子、甲戌、甲申、甲午、甲辰、甲寅，都是以'甲'字开头的，所以叫六甲。这些字笔画简单，很适合小孩子学习。"

李白被父亲的话吸引，也被这些复杂又有规律的搭配吸引，一双精灵的眸子，目不转睛地盯着甲、乙、丙、丁、戊、己、庚、辛、壬、癸十个天干和子、丑、寅、卯、辰、巳、午、未、申、酉、戌、亥十二个地支，兴味盎然。

第一章 月出峨眉，照蜀道

整个午后，他都兴致勃勃地跟着父亲学习每一个干支的读音和意义。虽然一开始有些吃力，但在父亲的鼓励和耐心教导下，李白渐渐感受到了识字的乐趣。

从这天起，李白开始了启蒙识字——六甲。

六甲成为他了解传统文化的一扇窗。

所以，李白后来在《上安州裴长史书》中说："五岁诵六甲，十岁观百家，轩辕以来，颇得闻矣。常横经籍书，制作不倦。"

随着时间的推移，他不仅学会了六甲术，还逐渐掌握了计数，开始阅读先秦时期的诸子百家，初步了解黄帝以来的华夏历史文化。

然而，他毕竟还是个孩子，在日复一日的学习中逐渐感到了厌倦，尤其在学习博大精深的汉文化时，觉得深奥难解，不免索然无味，何况还有那些死记硬背的科考内容。不管别人怎样对科举趋之若鹜，李白都对科举不屑一顾。他抿着小嘴，苦恼不已，抬头一看无人注意，便放下笔墨，一溜烟地跑出来，兴奋地在外面跑来跳去。

天性活泼好动的他，更喜欢在外面舞棍弄棒，常常因贪玩而不好好学习。

这天黄昏，他来到小溪边玩耍。溪水潺潺，清澈见底，映照着余晖。正当他沉浸在这宁静的美景中时，一转头，赫然看到一位老妪坐在翠竹丛生的溪岸边，正专注地拿着一根粗大的铁杵，在一块光滑的石头上磨来磨去，惊得他瞪大了双眼。

看着老妪枯瘦的双手，动作却异常坚定而熟练，他不由得走过去，问道："老奶奶，您在做什么呀？"

老妪抬起头，微微笑着说："磨针啊，把它磨成一根针。"

"这么粗的铁杵，"李白瞪大了双眼，直盯住老妪手中的铁杵，惊叫道，"怎么可能磨成针呢？！"

老妪却自信满满，笑着说："孩子，只要功夫深，铁杵磨成针。"

听得李白猛地一震，站在水岸边许久，目光在慈祥的老妪和那根发出霍霍声响的铁杵间不住徘徊、不住思考，仿佛有一股力量在他心中翻涌。

他意识到，如果老妪能够将铁杵磨成针，那么他，也一定能通过自己的努力，实现自己的梦想。在遇到困难时不轻易放弃，只要保持恒心，再难的事情也会做成功。

于是，他急匆匆地跑回家，重新捧起书本。

从此，他发奋图强，刻苦学习，再不曾荒废学业，沉溺于经典书籍中，不断积累知识，吸收着浩瀚的华夏文化，废寝忘食地练习着诗赋写作。正是这种不懈的努力和日积月累的知识储备，让他的才华绽放出耀眼的光芒，最终成就了他作为唐代最伟大的诗人之一和中国文学史上不朽的巨匠。

后来，铁杵磨针的故事，在民间代代流传。它不仅仅是一种文化传承，更是一种精神启迪，激励着芸芸众生：只要有恒心和毅力，世间无难事，一切皆有可能。

4. 作赋凌相如

转眼，已是过去了五年，十岁的李白除了攻读《诗》《书》及诸子百家，已然开始学习写诗作辞赋。

有一次，家人带他登上高楼，问他能否作首诗，他应声而吟："夜宿峰顶寺，举手扪星辰。"接着，小手捂着嘴，低声道："不敢高声语，恐惊天上人。"

边说，边向大家眨眨眼，示意大家保持安静，担心高声会惊扰那些居住在高远天宫的仙人。一时间，众人不仅惊叹于他非凡的才思，更被他那活灵活现、幽默而又谨慎的模样所感染，纷纷不敢大声语，只是含笑地回味着这首绝句。

这件事，金涛声先生在其著作《李白诗传》中详细讲述过，宋人周紫芝在《太仓稊米集》和《竹坡诗话》，邵博在《邵氏闻见后录》，以及赵德麟在《侯鲭录》中均有记载。

即便成年后，李白创作丰硕，吟出来那么多空前绝后的不朽诗句，依然对这首诗的简洁与意味深长，感到自豪。在游览舒州峰顶寺时，他立时想起来这首诗，随即将诗题改为《夜宿山寺》,满怀豪情地将整首诗题写在寺院的墙壁上。

不久后,有天午后,他走进书房,看见父亲手里拿着一卷古旧的竹简,不由得趴在父亲身边问:"父亲,这是谁写的?"

"司马相如的《子虚赋》,"父亲笑着说,"他是汉代的辞赋大家,才华横溢。"

"司马相如?"李白的双眸闪闪发亮,喃喃道,"我听过他的名字,很了不起吧?"

"是呀,"父亲点点头,说,"他的辞赋辞藻华美,意境深远。来,你多读读,感受一下它的魅力。"

李白接过竹简,低头,一个字一个字,认真地念起来:"楚使子虚使于齐,王悉发车骑与使者出田。田罢,子虚过姹乌有先生,亡是公存焉。坐定,乌有先生问曰:'今日畋乐乎?'子虚曰:'乐。''获多乎?'曰:'少。''然则何乐?'对曰:'仆乐齐王之欲夸仆以车骑之众,而仆对以云梦之事也。'曰:'可得闻乎?……'"(南朝·萧统:《昭明文选》卷七。)

他越念越倾心,越兴奋。

念完后,父亲又给他讲,这篇《子虚赋》是司马相如早期游梁时的赋作,以子虚和乌有的对话,描绘了楚国和齐国的宏伟与富饶。整篇赋辞藻华美,布局巧妙,不仅彰显了汉代的雄浑气度,也体现了国家的繁荣昌盛。顿了一下,父亲又说:

"学习文学,就要从中汲取灵感。"

李白点点头,对父亲笑道:"我要努力,也能写出这样的文章。"

"当然。"父亲抬手摸了摸李白的头,鼓励道,"你一定可以的,只要你锲而不舍。"

从这天起,李白便开始深入研读《子虚赋》,深受启发,并在此基础上不断探索和创新,开启了他的文学之旅。在《秋于敬亭送从侄专游庐山序》中,他曾回忆说,小时候长辈们让他背诵《子虚赋》,他对这部作品充满了钦佩。他将司马相如及其作品视为自己学习的榜样。

当然,文墨之学,多始于模仿。即便如李白这般的文坛巨匠,亦不例外。他孜孜不倦,以《昭明文选》为范本,字斟句酌,反复琢磨,深究司马相如、扬雄等先贤的文风精髓。这些与他性情相近的著作,令他心潮澎湃,也以非凡的想象力,大肆渲染着自己的创作,宛如睥睨天下的王者。至于不满意的习作,也从不吝焚稿,力求字字珠玑,精彩绝伦。在中华书局出版的《李太白全集》中,卷一的《拟恨赋》便是他模仿江淹的《恨赋》创作,其段落和句法都深受江淹的影响。

其间,为了让李白专心读书,父亲还将他送到离家十多里的小匡山上。山上环境清幽,适宜读书学习。他不仅白天勤学不辍,到了夜晚,也常常点灯夜读,通宵不灭。因此,每当夜晚降临,山下数十里之内,皆能遥望见山巅的灯火,犹如星星闪烁。当地人们便将小匡山亲切地称为"点灯山"。

正是因勤学不辍,博览群书,不拘泥于常规,尤爱那些奇思妙想的书籍,才激发了李白的创新精神,铸成其个性鲜明与独树一帜的文学风格。他自信地宣称:"十五观奇书,作赋凌相如。"

十五岁的李白,作的赋已超越司马相如,这不仅是他对自己文学才华的自信,更是对未来的豪迈展望,引领他在未来的文学路上越走越远,逐渐展现出与一流文豪一较高下的实力。

5. 读书大匡山

开元三年(715),十五岁的李白已创作了多首诗赋,受到一些社会名流的推崇和赞誉,开始参与社交活动。

是年,春夏之际,竹笋成林,一场连绵的小雨过后,李白走出陇西院,前往昌明县衙担任了一名小吏。

在《天生我材——李白传》中,韩作荣先生描述了李白初涉官场、担任小吏的简单工作,如侍奉县令、扫除庭院、备纸研墨等。尽管这些职事看似微不足道,也没有正式的职位,但对于李白这样志存高远的士人而言,却是涉足仕途的一段宝贵经历。

这一日，李白驱牛过县衙门，县令之妻见牛入府，顿生怒意，欲加责问。李白见状，面露窘色，急中生智，高声吟哦："素面倚栏钩，娇声出外头。若非是织女，何须问牵牛？"吟罢，县令的妻子愕然一怔，继而含笑。在场的人无不惊叹李白的才思敏捷。

又一日，李白为县令磨墨铺纸时，听县令吟诵了一首关于山火的诗："野火烧山后，人归火不归。"吟罢，县令思索良久，继而皱眉，苦于无法续写。李白见状，微微一笑，轻声接上："焰随红日去，烟逐暮云飞。"这两句诗，不仅对仗工整，想象力丰富，补充了整首诗，还提升了其意境，让县令愕然一震，惊喜地看向李白。

李白依旧微笑着，神态自若，仿佛这妙句不过是他信手拈来。

一天，李白又随县令来到江边，目睹江水滔滔，潮水不断上涨。突然，他们发现一名溺水身亡的女子，身体被冲上岸边，浮在芦苇丛中。县令赶紧过来查看，猝不及防地，在此情景下竟然吟诗道："二八谁家女，漂来倚岸芦。鸟窥眉上翠，鱼弄口傍朱。"

作为父母官的县令，面对溺亡女子，毫无怜悯之心，令李白心头一揪，五味杂陈，除了对县令的深深不满和失望，更有愤慨。他满面哀伤，满怀悲悯地续其诗，脱口而出："绿鬓随波散,红颜逐浪无。因何逢伍相?应是想秋胡。"除了描绘女子的美貌随波逐流,更流露出深切的同情与哀悼,暗示女子大抵是遭到秋胡那样的好色之徒的凌辱,才含冤而死。

听得县令脸色一沉,狠狠地瞪眼李白,双手一背,转身而去。

而这一刻,年少的李白已洞察世态的幽微。何况,在此之前,他已屡经挣扎,渐觉己身与那冷漠虚伪的官场格格不入,不愿屈膝于权贵,舍弃自己的道德底线。在经历这次与县令的不愉快后,李白终下决心,摒弃这个束缚他灵魂的微职。

第二天凌晨,天色未亮,李白便已收拾行囊,悄然走出县衙,踏上了前往大匡山的行程。

大匡山在县城西侧三十里处,山形似筐,因谐音而得名,山势险峻,林壑深邃,风景秀丽,背倚龙门山余脉诸峰,俯瞰清澈的让水河,西侧相邻于佛爷洞景。

大匡山上有座匡山寺,又名大明寺,据《江油县志》记载,始建于唐贞观年间(627—649),由僧人法云开山建寺。唐僖宗游历蜀地时,曾赐予"中和寺"之名,寺旁建有纪念李白的祠堂。宋乾道六年(1170)的匡山碑文亦载:"本寺原是古迹,唐李白读书所在。"诗圣杜甫游历蜀地至江油时,也赋诗赞颂:"匡山读书处,头白好归来。"

此外,江油李白纪念馆内现存的宋碑《敕赐中和大明寺住持记》也载，李白年轻时曾任当县小吏，后在此山读书十载。碑文中还记载了李白题的《别匡山》一诗。

如今，李白告别了尘世喧嚣，来到寺里读书。

寺内藏书如海，经文与世俗经典并陈，诸子百家之言与礼乐、卜算、医术、音律等专著同列，诗赋文集、字典、星相之学、史籍传记，无不囊括其中。李白在这幽深的古寺中，潜心读书，吟咏作赋。

每日晨光熹微，透过窗棂，他便推开窗户，越过窗前随风摇曳的藤萝，放眼望去。古木参天，峰峦叠嶂，翠色欲滴的美景，宛如一幅泼墨山水，静静铺陈于眼前。

闲暇时，李白便漫步在山间小径，穿行于葱郁的林木间，呼吸着清新的空气，沐浴着大自然的恩泽。

这天黄昏，夕阳西下，李白和逸人东严子，一起走在山间小路上，忽然，看到前方行走的一位山民，背负柴草，脸上淌着汗水，在落日余晖中，身影格外质朴而坚韧，这景象深深触动着李白。

傍晚时分，李白常背靠古树，仰望天际云卷云舒，任思绪随着晚风飘向远方。偶尔，林间传来猿猴的啼声，清脆而悠扬，为这宁静的山林增添了几分生机。池塘边，僧侣们轻声交谈，消除了一天的疲惫，而那池中的白鹤早已不知去向，只留下一圈圈涟漪。

大匡山的山光水色，美得令人心醉。

大匡山的闲适生活，更令人流连忘返。

李白在大匡山里，寻得了久违的宁静。

他日复一日地沉浸在与自然的和谐共存中，心神变得宁静而惬意，仿佛与天地万物融为一体，找到心灵的归宿，拥有了一片属于自己的精神天地。

这段山居的读书经历，不同于小时候在小匡山读书。李白在这里前前后后持续待了十年之久。这里的山山水水，一草一木，深深陶冶了他的情操，净化了他的心灵，激发了他的灵感。他与山川为伴，与星辰为友，将满腔热情与世间感悟，化作了一篇篇传世诗作。

与此同时，李白开始学习剑术，常常在大匡山的飞泉下，挥剑舞影。

确实，李白除了被誉为"诗仙"和"青莲居士"，还是一位剑术高手，打破了文人温文尔雅的传统形象。他的诗风超凡脱俗，这与他在寺中的生活密切相关。在这里，他不仅学习诗歌，还与僧侣一同修炼，打坐、煮茶，过着无拘无束的逍遥生活。这种超脱尘世的境界，使他如同天地间的仙人，因此得名"诗仙"。

一天清晨，他特意去大匡山后面的戴天山，寻访隐居的道士。传说道士隐居在山顶的道观里。他沿着溪流攀登，日光明亮，沿途的桃花沾满雨露，晶莹剔透。在茂密的山林中，一只麋鹿好奇地探出头来，与李白四目相对。然而，当他到达道观时，却发现那里寂静无声，午钟未响，显然无人。李白在附近徘徊，欣赏着飞泉和野竹，但随着傍晚的临近，仍未能找到道士，不免惆怅。他倚靠在松树上，写下了现存他最早的诗篇《访戴天山道士不遇》：

犬吠水声中，桃花带露浓。
树深时见鹿，溪午不闻钟。
野竹分青霭，飞泉挂碧峰。
无人知所去，愁倚两三松。

至此，那个曾经在县衙府中挣扎的少年李白，已经脱胎换骨。他沉浸于大明寺的读书生活，沉迷于求仙学道，任侠习武中，发奋图强，不断修炼自己，希望通过诗歌书写传奇，成为中国文学史上的璀璨诗星，更渴望凭借自己的才华，走出一条非凡之路，成就一番伟业。

6. 任侠修剑术

岁月不居，时节如流。

不知不觉间，三年韶光流逝，隐居于大匡山的李白，已经十八岁。

是年，即开元六载（718）冬，李白已自练剑法两年，心知只有拜名师，才能领悟剑术的精髓，遂决意赴梓州（今四川绵阳治县一带），求见著名隐士赵蕤。因为他听说赵蕤的剑术深不可测，能驭剑而行，杀人于千里之外。

赵蕤，字太宾，号东岩子，梓州盐亭（今四川绵阳盐亭县）人。他不仅以神奇的剑术著称，更以其深厚的学术造诣和纵横术闻名于世。其代表作《长短经》（又称《反经》），成书于开元四载（716），全书共九卷，包含六十四篇，汇集了儒家、法家、兵家、杂家和阴阳家的思想精华，堪称一部博大精深的谋略全书。

这一天，李白踏雪寻径，走过皑皑白雪的崇山峻岭，驰过山麓原野，直奔梓州而来。

来到三台县城北、涪水西岸的长坪山下，踏入北周刺史安昌公所建的安昌寺（唐代更名为惠义寺，后世称琴泉寺），寻找幽栖此处的赵蕤。

终于，在寺旁的洞窟中，李白见到了赵蕤。

年逾六旬的赵蕤，面目红润，须发乌黑，看起来还似中年模样，转过身来，神采奕奕地看向瘦削的李白。李白自知身形不似壮士，初涉剑术时，不免有些许忧虑，恐他人因他身材瘦削而轻视其剑术,如今面对赵蕤,立时坦诚地说,他身虽不盈七尺,但志存高远,心怀壮志,即便是王公贵族也会对他以义气相待。

赵蕤听后,微微笑着,赞许地说:"李公子,身形的高矮,非英雄之根本。胸怀与志向,才是男儿本色。"

话音一落,李白恭敬地施以弟子之礼,虔诚地向这位前辈求教。

赵蕤见李白如此诚恳,便欣然接纳了他。

两人在洞窟中,相对而坐,火光映照着他们的脸庞,李白不由得扫了一眼洞窟内的藏书,轻声道:"赵先生,晚辈自幼仰慕先生的学识与智慧,今日有幸得见,实为三生有幸。愿先生不吝赐教。"

赵蕤微笑着点头。

李白旋即问道:"先生,晚辈常读《昭明文选》,深感其中文字之美,却也困惑于如何将这些美文融入自己的创作中。不知先生有何高见?"

赵蕤捋了捋胡须,缓缓道:"李公子,文字之美,在于其能触动人心。你当以心观物,以情达意。"

听得李白醍醐灌顶,顿觉心明眼亮,频频颔首。

继之,二人又论及文学创作的本源。赵蕤言道,创作之道,须以心为笔,以情为墨,方能绘出世间万象,感人肺腑。

这场交流，不仅让李白受益匪浅，也让赵蕤感受到了后辈的才华与潜力。

但是作为剑客的赵蕤，择徒甚严。在与李白的交谈中，他洞察到李白不仅是个天马行空的文人，更怀有政治抱负，并不适合习武，但适合道家修行，便对李白说："习剑之要，并非行侠仗义，惩奸除恶，更在于禅修。真正的剑道，乃是将'天''剑''人'三者合一的境界。若你能领悟剑术的精髓，即便手中无剑，亦能使人感受到你的剑锋与光芒。"

赵蕤的话，一字一句，如同晨钟暮鼓，敲击在李白心上，使他豁然惊悟，双眸乍亮。

话毕，赵蕤起身，来到洞口，高声一唤，声音在静谧的山谷中回荡。不多时，便有上千只稀奇禽鸟，纷纷振翅而至，飞落在他手掌中，争先恐后地啄食。

这一幕，令李白惊动不已，继而听赵蕤说："李公子，你看这些鸟儿，它们能听懂我的呼唤，并非因为我有什么神通，而是因为我与它们之间有着深厚的信任与理解。剑术亦然，它不仅仅是技巧的施展，更在于心与剑的合一。"顿了一下，他又说："我将这唤鸟之术传授于你，希望你能从中领悟到剑术的真谛。"

一时间，李白聚精会神地聆听着赵蕤的唤鸟之术，铭记于心。

是夜，李白独坐灯下，翻阅《长短经·品目篇》，书中对古今人物的品评，旋转在他眼前，令他激情澎湃，不由得高声诵读。尤其是那些历史人物的壮举，如根蒂深固于他心田，使他沉醉其中，恍若身临其境，几欲化身为那些英豪。

后来他在《代寿山答孟少府移文书》中表达了自己的理想："申管、晏之谈，谋帝王之术，奋其智能，愿为辅弼，使寰区大定，海县清一。"在《读诸葛武侯传书怀》中亦道："武侯立岷蜀，壮志吞咸京……余亦草间人，颇怀拯物情"，在《古风》其十中说："齐有倜傥生，鲁连特高妙……吾亦澹荡人，拂衣可同调。"在《书情题赠蔡舍人雄》中也道："暂因苍生起，谈笑安黎元。余亦爱此人，丹霄冀飞翻"，并在《留别王司马嵩》中吟："余亦南阳子，时为《梁甫吟》……愿一佐明主，功成还旧林。"

可惜，李白虽心怀天下，终归是书生本色、诗人情怀。他所习得的纵横术，尽情驰骋在诗行间，成就了他的诗篇，然而，因缺乏人事上的心机和权谋之术，进不了钩心斗角的朝堂，最终在仕途上未能如愿，落得一场空。

不过，师承赵蕤的儒家风范和豪侠之气后，李白很快便青出于蓝而胜于蓝，在文学与剑道之间，找到一条神秘的通道，诗中有剑，剑中有诗，最终成就了自己一代诗仙的剑骨和诗魂。

7. 寻仙游峨眉

一年后，李白告别赵蕤，越发慷慨激昂，指天说地，意气风发。他除了往来旁郡，出游附近的一些州县，还决定前往成都、峨眉、渝州等地游历，寻找人生机遇。

二月，李白抵成都，游历了诸名胜古迹，泼墨挥毫，作《登锦城散花楼》《白头吟》等篇，接着，去谒见了苏颋。

苏颋，字廷硕，出身于京兆武功的名门望族，是唐朝的宰相、文学家，尚书左仆射苏瑰之子。他自幼聪明过人，十九岁便进士及第，官至尚书左仆射。开元八载（720）被罢相，后任益州大都督府长史，开元十五载（727）病逝，享年五十八岁，朝廷追赠尚书右丞相，谥号"文宪"。

是年，出任益州大都督府长史的苏颋抵达成都。李白携赋作求见。苏颋虽赞赏其才华，预言其将来必有成就，却并未实际举荐他。李白不免感到失望，初次体会到了世事的无常，感慨万千地吟诵道：

> 茫茫南与北，道直事难谐。
> 榆荚钱生树，杨花玉糁街。
> 尘萦游子面，蝶弄美人钗。
> 却忆青山上，云门掩竹斋。

第一章　月出峨眉，照蜀道

之后，李白又抵渝州（今重庆），拜谒了渝州刺史李邕。

李邕，字泰和，鄂州江夏人（今湖北武昌），唐朝杰出的大臣和书法家，是"文选学士李善之子"，自幼博学多才，少年成名。他起步于校书郎，随后晋升为左拾遗，再转任户部郎中。曾任殿中侍御史，括州刺史，最终成为北海太守，史称"李北海""李括州"。

不料李白却遭其轻蔑，愤而疾书《上李邕》一诗：

　　　　大鹏一日同风起，扶摇直上九万里。
　　　　假令风歇时下来，犹能簸却沧溟水。
　　　　时人见我恒殊调，闻余大言皆冷笑。
　　　　宣父犹能畏后生，丈夫未可轻年少。

两次失意后，李白决定归乡苦读。

正是在返乡途中，李白来到了峨眉山下。

峨眉山，位于今四川省峨眉山市西南，自古便是蜀中名胜。唐代时更是道教圣地，《峨眉郡志》中赞其"云鬟凝翠，鬓黛遥妆，真如螓首蛾眉，细而长，美而艳也，故名峨眉山"，有"峨眉天下秀"之称。

即便蜀中有众多仙山，但都无法与绵邈的峨眉相提并论。

登上峨眉山的李白欲穷尽林泉之美。然而山势如此奇绝险怪，岂能一时游尽？

他凝望那峰峦如剑直指苍穹，景色变幻莫测，宛如天工巧夺，匠心独运，不由得心旷神逸，仿佛窥见了天地奥妙，领悟了仙家秘术，足以在云端吹奏玉箫，在山石间弹奏宝瑟，尽享平生所愿。他甚至想，若有幸遇见骑羊成仙的葛由，或许便能与之携手，共赴仙途。此情此景，使他瞬间便创作了早期名篇之一《登峨眉山》：

> 蜀国多仙山，峨眉邈难匹。
> 周流试登览，绝怪安可息。
> 青冥倚天开，彩错疑画出。
> 泠然紫霞赏，果得锦囊术。
> 云间吟琼箫，石上弄宝瑟。
> 平生有微尚，欢笑自此毕。
> 烟容如在颜，尘累忽相失。
> 倘逢骑羊子，携手凌白日。

不久，李白便与在峨眉山修道的元丹丘结为道友，求仙学道的热情愈发高涨。连日来在峨眉山中探幽访胜，他不仅沉醉于山川的秀美，更笃信道教，追求神仙般的境界，心驰神往于长生不老，常怀与仙家邂逅的梦想，甚至相信自己亦能成仙。

第一章　月出峨眉，照蜀道

李白对神仙境界的向往，不仅源于对道教的虔诚信仰，更是一种精神上的寄托和追求，冀望借此途径，提高声望，开辟出一条人生的进阶之路，来实现自己的抱负。

这一日，慕仙寻道的李白，腰悬佩剑，足踏山石，正翩翩游弋在仙山，突然听到阵阵琴声，如万壑松涛，余音袅袅，让人身心一颤，继而酣畅愉悦。他不禁循声而去，于峨眉峰上结识了抚琴的僧人濬。

濬怀抱一把绿绮琴，为李白沐手焚香，手指在琴弦上勾剔抹挑、吟猱绰注，弹奏出一曲美妙的音乐。清越宏远的琴音与香炉的袅袅篆烟相得益彰，净如月，清如水，远离尘世的污浊又铿锵有力得宛如江河奔流。霎时，李白满身心即被流水洗涤。余音缭绕之际，和着秋天霜钟的回响，不知不觉中，青山已披上暮色，秋云也渐渐暗淡。

李白依旧痴痴地沉醉在这琴声里，直至月出峨眉，照亮了蜀道。

直至琴声戛然而止。

他的耳畔依旧余音缭绕，不绝如缕。

他依旧在清幽的月色下，沉浸在这慑魂的琴音里，久久不语。

不知过了多久，他方才恍然回神，意犹未尽地创作了《听蜀僧濬弹琴》。

然后，时光一日日流逝，峨眉山上的求仙学道始终没有结果。回想起苏颋先生"广之以学"的教诲，李白才恍然意识到其深意。因此，在求荐未果、学道无门后，李白遂决定返回大匡山，专心读书，修养身心。

这天午后，李白风尘仆仆地回到大匡山的大明寺时，已是隆冬季节，古树横卧江面，远处的雪山在晴日下闪烁着白光，四野寒冷，树叶落尽，云雾缭绕山谷。远处传来阵阵犬吠声，他踏过杂草丛生的山径，轻叩山门，走进旧居的寺院。只见屋舍几乎被新竹覆盖，青苔爬上了墙壁；厨房里孤雉乱窜，临屋处旧辕啼叫。荒芜的景象映入眼帘，雉飞、猿啼、鼠走、兽奔、枯树、禽巢、疏篱，一片凄凉。

李白戴着一顶沾满灰尘的帽子，站在旧居门前，环顾一眼这片荒芜后，立即动手打扫，清理屋舍，擦拭床椅，整理书箧，清洗砚台……然后坐下来，制订修业计划，决心效仿松树的坚忍不拔，在这朝夕流年里发愤读书，修炼品性，以图来日奋起。

是日，李白便写下了《冬日归旧山》：

未洗染尘缨，归来芳草平。
一条藤径绿，万点雪峰晴。
地冷叶先尽，谷寒云不行。

第一章 月出峨眉,照蜀道

嫩篁侵舍密,古树倒江横。
白犬离村吠,苍苔壁上生。
穿厨孤雉过,临屋旧猿鸣。
木落禽巢在,篱疏兽路成。
拂床苍鼠走,倒箧素鱼惊。
洗砚修良策,敲松拟素贞。
此时重一去,去合到三清。

李白漫游蜀中回来后的这个冬日,看似有些荒凉,实则暗藏生机,因为李白在这首诗中所吟"此时重一去,去合到三清",意指他此番归来,仅为修业,不久便将再次起程,去追寻自己的理想与抱负。而"三清"的胜境,便是道教中三位至高神祇的居住地,他回来来暗喻,矢志去朝廷干一番大业。

第二章 辞亲出蜀，仗剑游

1. 别匡山，出三峡

光阴似箭，日月如梭，不经意间又过去了三年。

开元十二载（724），二十四岁的李白，历经又一个三年的修业养性，学识愈发渊博，心性亦趋成熟。他心怀壮志，豪情满怀，欲以文韬武略，铸就一番辉煌事业，以实现自己的宏伟抱负。

于是，李白一心想着自己羽翼已成，渴望在更广阔的天地间翱翔，遂决心离开蜀地，踏上远游之路，寻找自己的未来。这天，他整理行囊，走出大明寺，走下大匡山，回家与家人告别。

是日深夜，万籁俱寂，大家都已入睡，母亲还在灯下穿针引线，为李白缝制新衣。

李白传

"母亲，歇歇吧。"李白走来，轻声劝慰母亲，看着她不再灵活的双手，心中涌动着莫名的酸楚。

母亲却只是微微一笑，摇摇头，低声道："儿啊，你这一去，不知何时才能回来。母亲能为你做的，也只有这些了。"

李白听着母亲的哽咽，轻声说："母亲，我会常写信回来的，你放心。"

母亲叹了声，又说："你父亲虽然嘴上不说，但他心里也是难过。你这一去，他怕是要夜夜难眠了。"

听得李白不禁双眼湿润，俯在母亲身边，低声道："母亲，我会照顾好自己的，你和父亲、妹妹，都要好好保重。"

就在这时，针尖不慎扎破了母亲的手指，一滴血珠渗出，染红了雪白的布料。母亲微微一惊，忙将手指握在掌心。李白见状，心中更是不忍，问道："母亲，疼吗？"

母亲依旧笑着，柔声说："不疼，不疼。这算什么？比起你在外的艰辛，算得了什么？"她擦干泪水，继续手中的活计。

一夜未歇，母亲终于将所有的衣物都缝制完，给他备足盘缠细软，新衣裤袜、头巾靴鞋，一一叠好，放入行囊，再转身去给他准备早饭。

李白看着母亲忙碌的身影，泪盈满眶，情动不已，矢志要成就一番伟业，不负父母的期望。

第二章 辞亲出蜀，仗剑游

早饭后，小妹月圆泪痕斑斑，深情款款地过来叮嘱他注意起居饮食，要记得防风寒炎暑、常写家书时，李白不禁抬手轻抚妹妹的发髻，心中感慨万千。小妹尚待字闺中，父母却已年迈，他便再三叮嘱家中老仆，务必尽心尽力，照顾好家中一切。

一切准备就绪，李白腰悬宝剑，背负行囊，携带文房四宝及几卷常读之书，含泪向家人告别。

他步伐坚定，目光炯炯，满怀对未来的憧憬与希望，踏上了新的征程，誓要在这辽阔的天地间，谱写自己人生的辉煌篇章。

途中，李白驻足回首，目光再次投向匡山。只见山色如绘，翠绿层叠，树木错落有致。藤蔓随风摇曳，轻拂栏杆。山间小径纵横，有行人正携犬同行。又仿佛看到落日余晖中，樵夫背负着柴薪，缓缓归家。看到昔日的自己倚树而立，耳边猿声回荡，又似乎看到了大明寺的僧侣在失鹤池边洗饭钵。

这风光绮丽的匡山啊！非他不爱，实因他已决意将文才武艺尽献于政治清明的世间，以期开创伟业，才不得不离去。莫怪啊莫怪，李白心中默念着，满怀眷恋地赋诗《别匡山》：

晓峰如画碧参差，藤影风摇拂槛垂。
野径来多将犬伴，人间归晚带樵随。

李白传

> 看云客倚啼猿树，洗钵僧临失鹤池。
> 莫怪无心恋清境，已将书剑许明时。

此一刻，李白眼前所展现的盛世景象，正如金涛声先生在其著作《李太白诗传》中所描述的那般：

太白面前的是一个四海风平、天地开阔的太平盛世，因而万方友邦，都结好于大唐。即使秦皇汉武，又怎能与如今皇上争雄！国家既然是威镇八荒，上通九天，四方大门敞开，万国宾朋来朝，贤能之士的进身之路，又岂不是吉星高照，大路朝天！清明的时代给诗人带来了无限的希望，因而他决心凭着自己的文才武艺，去闯荡天下，成就一番人生事业，无愧于时代的期望。关于这次离蜀远游的动机，他后来在《上安州裴长史书》中说得十分清楚：'以为士生则桑弧蓬矢，射乎四方，故知大丈夫必有四方之志。乃仗剑去国，辞亲远游。'他认为男子成人之后，应有四方之志，以天下为己任。可见是儒家积极入世，有所作为的思想，促使他决意仗剑去国，辞亲远游，担当男儿的人生使命。

自此，李白挥别匡山，远离故土，沿途重游成都，再登峨眉，于蜀地徘徊。数月光阴匆匆而逝，直至秋风渐起，他才在

第二章 辞亲出蜀，仗剑游

嘉州附近的清溪驿，准备乘舟东行，直往渝州，出长江三峡。在清溪驿，登舟之际，李白心中既期待又不舍，不由得吟唱出著名的《峨眉山月歌》：

峨眉山月半轮秋，影入平羌江水流。
夜发清溪向三峡，思君不见下渝州。

峨眉山下的那半轮秋月，清辉漾漾，映照着平羌江水，随波逐流，宛若依依不舍地送别游子。李白自清溪起程，告别巴蜀，即将穿越三峡，远离故土。船行渝州后，峨眉山月将不再常见，怎能不令他心生离愁。

不过，爽利的李白满心满目豁达，因为他对未来充满期待。纵使离别，也是为了更好的未来，为了去探索更广阔的世界。

这样，巴船荡悠悠地起程了，渐行渐远。

行至长江三峡，正值江水汹涌澎湃，船只顺流而下。面对这首次领略的雄奇壮观，李白既感到惊心动魄，又充满惊喜，不禁吟唱出一曲《巴女词》：

巴水急如箭，巴船去若飞。
十月三千里，郎行几岁归？

后来船泊万县，李白在夜色里踏着石阶登岸，尽览江边城郭的美景。

至次年春，李白终于出三峡。

船只缓缓驶出峡谷，经巫山，过荆门，眼前豁然开朗，一片辽阔的天地展现在他眼前。

他端立在船头，迎着浩荡的风、浩荡的天地之光，心胸也随之敞亮，仿佛能包容万物。

2. 大鹏展翅入楚地

这一路，李白从三峡到江陵，穿越巫山、荆门，直至楚地。沿途，他心潮澎湃，创作出许多优美的诗篇。如"渡远荆门外，来从楚国游。山随平野尽，江入大荒流。"（《渡荆门送别》）以及"春水月峡来，浮舟望安极？正是桃花流，依然锦江色。"（《荆门浮舟望蜀江》）这些诗句不仅捕捉了壮阔的自然风光，也流露出他对故乡的深情眷恋。

毕竟，作为初次远行的游子，李白心中充满了对故乡的不舍。

他频频地遥望家乡，深情地吟诵："仍怜故乡水，万里送行舟。"（《渡荆门送别》）

第二章　辞亲出蜀，仗剑游

过荆门，巴蜀的高山被他抛在身后，眼前豁然展现的江汉平原，辽阔而壮观。他看着那江水从峡谷中滔滔涌出，自由地流向远方，就像他对未来的无限憧憬，对新天地的澎湃激情，继而遐想着那云影中的海市蜃楼，是否就是他向往的吴越胜地，就是金陵、扬州的亭台楼阁呢？这些美丽的景象，不仅激发了他的想象力，也唤起了他对未来的好奇与神往。

抵江陵（今湖北省荆州市）时，李白偶然听说从衡山回来的道教大师司马承祯路过江陵，立即前去拜访。

司马承祯十分欣赏李白卓尔不群、超凡脱俗的气质，称赞他"有仙风道骨，可与神游八极之表"，令李白倍感得意，更加坚定了他修道的决心，他豪情满怀地挥笔，写下了《大鹏遇希有鸟赋》，过后，又觉得不够理想，便扩充新意，改为《大鹏赋》：

余昔于江陵见天台司马子微，谓余有仙风道骨，可与神游八极之表，因著《大鹏遇希有鸟赋》以自广。此赋已传于世，往往人间见之。悔其少作，未穷宏达之旨，中年弃之。及读《晋书》，睹阮宣子《大鹏赞》，鄙心陋之。遂更记忆，多将旧本不同。今复存手集，岂敢传诸作者，庶可示之子弟而已。

其辞曰：

南华老仙发天机于漆园，吐峥嵘之高论，开浩荡之奇言，

李白传

征至怪于齐谐，谈北溟之有鱼，吾不知其几千里，其名曰鲲。化成大鹏，质凝胚浑。脱鬐鬣于海岛，张羽毛于天门。刷渤澥之春流，晞扶桑之朝暾。煇赫乎宇宙，凭陵乎昆仑。一鼓一舞，烟朦沙昏。五岳为之震荡，百川为之崩奔。

尔乃蹶厚地，揭太清，亘层霄，突重溟。激三千以崛起，向九万而迅征。背烨太山之崔嵬，翼举长云之纵横。左回右旋，倏阴忽明。历汗漫以夭矫，跚闾阖之峥嵘。簸鸿蒙，扇雷霆，斗转而天动，山摇而海倾。怒无所搏，雄无所争，固可想象其势，仿佛其形。

若乃足萦虹霓，目耀日月，连轩沓拖，挥霍翕忽。喷气则六合生云，洒毛则千里飞雪。邀彼北荒，将穷南图。运逸翰以傍击，鼓奔飙而长驱。烛龙衔光以照物，列缺施鞭而启途。块视三山，杯观五湖。其动也神应，其行也道俱。任公见之而罢钓，有穷不敢以弯弧。莫不投竿失镞，仰之长吁。

尔其雄姿壮观，块轧河汉，上摩苍苍，下覆漫漫。盘古开天而直视，羲和倚日以旁叹。缤纷乎八荒之间，掩映乎四海之半。当胸臆之掩昼，若混茫之未判。忽腾覆以回转，则霞廓而雾散。

然后六月一息，至于海湄。欻翳景以横翥，逆高天而下垂。憩乎泱漭之野，入乎汪湟之池。猛势所射，馀风所吹，溟涨沸渭，岩峦纷披。天吴为之怵栗，海若为之躄跜。巨鳌冠山

第二章 辞亲出蜀，仗剑游

而却走，长鲸腾海而下驰。缩壳挫鬣，莫之敢窥。吾亦不测其神怪之若此，盖乃造化之所为。

岂比夫蓬莱之黄鹄，夸金衣与菊裳。耻苍梧之玄凤，耀彩质与锦章。既服御于灵仙，久驯扰于池隍。精卫殷勤于衔木，䴷䳋悲愁乎荐笋。天鸡警晓于蟠桃，踆乌晰耀于太阳。不旷荡而纵适，何拘挛而守常。未若兹鹏之逍遥，无厌类乎比方。不矜大而暴猛，每顺时而行藏。参玄根以比寿，饮元气以充肠。戏旸谷而徘徊，冯炎洲而抑扬。

俄而希有鸟见谓之曰："伟哉鹏乎，此之乐也。吾右翼掩乎西极，左翼蔽乎东荒，跨蹑地络，周旋天纲。以恍惚为巢，以虚无为场。我呼尔游，尔同我翔。"于是乎大鹏许之，欣然相随。此二禽已登于寥廓，而斥鷃之辈空见笑于藩篱。[1]

这篇《大鹏赋》，中华书局在《李太白全集》（上下）2018年版中，将其置于卷一古赋八篇之冠。李白于斯赋中，以稀有之鸟喻司马承祯，自比大鹏，尽展其自少年时便怀有的雄心壮志。赋之酣畅淋漓，极尽其豪放之气与宏图之志。

接着，他又写了《古风》其三十三：

---

[1] 《李太白全集》（上下），（清）王琦注，中华书局，2018年版，第1~9页。

> 北溟有巨鱼,身长数千里。
> 仰喷三山雪,横吞百川水。
> 凭陵随海运,燀赫因风起。
> 吾观摩天飞,九万方未已。

这两篇浓墨重彩的咏物言志,格外引人注目。尤其大鹏是李白的图腾,在他的诗篇中,大鹏意象频频浮现,达十数次之多。因为李白自幼酷爱《庄子》,对《逍遥游》开篇中鲲鱼化为大鹏的故事印象深刻,脑海中时常浮现着北极那一条巨大的鲲鱼化身为一只名为鹏的大鸟。这只鹏鸟的背脊宽广,长达数千里,翅膀展开时,可以遮天蔽日。一旦振翅高飞,便能翱翔于九天之上,直飞南极的天池。当它迁徙至南极时,翅膀扇动的海水能激起三千里的巨浪,引发风暴,直冲云霄。九万里以外,扶摇直上的壮举,深深激励着李白。他坚信,大丈夫应当怀鲲鹏之志,如鲲鱼深潜蓄势,待时化鹏,展翅凌云,翱翔万里,以期最终成就一番惊天动地的伟业。

在这一刻,当他初入楚地,正寻求机会展翅高飞之际,幸得司马承祯的赞赏。立时促使他挥毫泼墨,创作了《大鹏赋》与《北溟有巨鱼》。不仅借助《庄子》中鲲鱼化鹏的典故,表达了他志在四方、一飞冲天的豪情壮志,同时也对司马承祯的推崇之情溢于言表。

第二章 辞亲出蜀，仗剑游

　　司马承祯，字子微，号道隐，自号白云子，河内郡温县人，是唐朝最负盛名的道教学者，上清派第十二代宗师，曹魏太常司马馗的后裔，北周琅琊郡公司马裔的玄孙。他自幼便笃志好学，对道学兴趣浓厚，无心仕途，曾拜嵩山道士潘师正为师，学习上清经法、符箓、导引、服饵等道术，并隐居于天台山的玉霄峰。不仅在道教方面造诣深厚，其个人文学修养也极深，与陈子昂、卢藏用、宋之问、王适、毕构、李白、孟浩然、王维、贺知章等文人雅士并称为"仙宗十友"。开元二十三年（735）司书承祯，羽化于王屋山阳台宫，享年九十六岁，获赠银青光禄大夫，谥号正一先生。

　　彼时，身为帝王师的一代大宗师司马承祯，德高望重，虽已是耄耋之年，却仍然乐意与初出茅庐的李白并肩而行，共赴仙途。而年少轻狂的李白，居然毫不谦让，认为自己与司马承祯一样，有资格俯瞰世间众生。

　　这种自信，甚至到了狂傲的态度，实在令人惊叹。

　　且确实，李白拥有这样的资本。他犹如大鹏展翅般入了楚地，纵使伟大的理想尚在萌芽之中，然其天性浪漫狂放，使得任何微小的触动，哪怕是一眨眼、一顿足、一抬手、一回眸的瞬间，都能激发其非凡的才华与巨大能量，宛若鲲鹏的激水三千，飞越万里，直上云霄，其声势足以撼动雷霆，震天撼地。

3. 剔骨葬挚友

是年,盛夏,李白在南游途中,偶遇了同乡吴指南。二人意气相投,遂结伴同行,畅游江南。

这天,他们一同来到洞庭湖,只见湖光山色,波光潋滟,山峦起伏。俩人兴冲冲地泛舟于碧波之上,桨声水影,交织成一曲悠扬,伴随着他们的笑语欢歌。从舟上下来后,他们漫步岸边,夕阳下,沙石闪烁如金,二人边走边吟诗作对,畅谈古今,好不快哉。

"来,进亭子坐坐。"

李白话音一落,二人便进入湖边的亭子坐下。李白遂掏出笔墨纸砚,放在石桌上,挥毫泼墨,写下一首动人的诗篇。吴指南则在旁,抚琴高歌,琴声悠扬,歌声激昂,两人的笑声与琴声、诗声交织在一起,回荡在湖光山色间,引得过往的行人纷纷驻足聆听。

直到夜幕降临,繁星点点,湖面上的渔火与星光交相辉映,俩人还坐在湖边,继续说笑。

然而,猝不及防,吴指南突然感到身体不适,李白急忙扶他躺下,却见其喘息艰难,已是说不出话来。李白大惊失色,忙大声向路人求助施救。可惜,吴指南的病情转瞬加剧,顷刻间,已在洞庭湖畔,撒手人寰。

第二章 辞亲出蜀，仗剑游

这一切，来得太突然。

刹那间，洞庭湖畔的李白抱着好友，竟不敢置信，直到声声呼唤再无回应，悲痛如潮水般涌来，吞噬了他心中最后一点希望，泪落如雨地伏在吴指南的身上痛哭。

此时，正是炎炎夏日，悲痛欲绝的李白却觉身心是如此寒冷刺骨。他伏尸痛哭，宛如失去至亲，感到前所未有的孤独和无助，仿佛整个世界都离他而去。

他为好友身着丧服，恸哭哀泣，泣至呕血。

不料，夜里，一只猛虎突然出现，来势汹汹。李白毫不畏惧，挺身而出，仗剑以护着好友的尸体不被吞食，迫使猛虎最终退去。

无奈之下，李白只得将吴指南暂葬于洞庭湖畔，随后孤身赴金陵。

这段情动肺腑的哀恸，李白后来曾记下：

昔与蜀中友人吴指南同游于楚，指南死于洞庭之上，白襢服恸哭，若丧天伦。炎月伏尸，泣尽而继之以血。行路闻者，悉皆伤心。猛虎前临，坚守不动。遂权殡于湖侧，便之金陵。数年来观，筋骨尚在。白雪泣持刃，躬申洗削。裹骨徒步，负之而趋。寝兴携持，无辍身手。遂丐贷营葬于鄂城之东。故乡路遥，魂魄无主，礼以迁窆，式昭明情。此则是白存交重

李白传

义也。

《上（安州）李长史书》节选

数年后，李白重游洞庭，寻觅吴指南遗骸。见其遗体尚未完全腐烂，思及故土遥远，吴指南的魂魄无依，悲从中来，恸哭不已。遂持刃，将好友的尸骨剔洗干净，用布裹好，徒步将其背回鄂城。当时李白已穷困不堪，身无分文，只得沿途乞讨，借贷，终在鄂城东郊，为吴指南举行了葬礼，使其得以安息。

当然，这番哀痛也源于李白初涉人世未尝世间百态吧。面对吴指南的猝逝，尽管李白未详述其经过，但"死于洞庭之上"的一个"死"字，已足以令人恻然动容。于年轻的李白来说，更是刹那间便洞悉了人世间无能为力的痛与悲。

令人震惊的"剔骨葬友"的壮举，无疑是李白情深义重，以及时生命的尊重与敬畏。据学者考证，这种被称为"二次葬"的仪式，源于古代南方源远流长的蛮族或西域文化，即待尸体血肉腐朽后，再行最终葬礼。

李白以这样庄重的仪式安葬好友，不仅是对逝者的最好告别，亦是对友情的永恒铭记，其情感之深、之挚、之纯，令人动容。

在盛唐的辉煌史册中，李白平生传奇，泼墨成诗，篇篇动人心弦。然于众多诗作中,"剔骨葬友"一事,尤为撼人心魄,永镌于人心,成为流传千古的美谈。

4. 漫步金陵

开元十三载(725),秋意渐浓,霜降四野。

李白从荆门坐船前往金陵(今江苏南京),踏上了心仪已久的吴越之行。

扬帆之际,李白神采飞扬,面庞上尽是自信与期待之色。在他眼中,世界朗然开阔,高远无垠,丝毫不以秋凉为意,但觉天朗气清,舟行碧波之上,风正帆悬。他坚信旅途将一帆风顺,遂创作了畅怀的《秋下荆门》:

霜落荆门江树空,布帆无恙挂秋风。
此行不为鲈鱼鲙,自爱名山入剡中。

全诗以"布帆无恙挂秋风"开篇,绘就了一幅壮阔的秋江之景。至于,"此行不为鲈鱼鲙,自爱名山入剡中",更是道出了他此行的真正目的与高洁志趣,并非为了鲈鱼的美味,而是心驰神往于剡中名山的壮丽与灵秀。

剡中,那片位于今浙江省东北部的嵊州市与新昌县一带的山水，自古便是文人墨客与隐逸高士所向往的隐居胜地。此地有天台、天姥诸峰，剡溪蜿蜒其间，名胜古迹星罗棋布，风光旖旎，文脉深长。

李白对剡中的向往，除了被吴越的山水所吸引，更希望追寻魏晋名士的足迹，感受他们的高风亮节，并与当代的高人逸士交流思想，广交好友。

是以，此行于李白而言，不啻为对自然绝色的探寻，对文化精神之境的不懈追求。其心之所向、情之所系，非徒观山水，更在于悟道交友，涵养性情，以期得到心灵的升华与精神的丰富。

这天，李白慕名来访庐山。

庐山，闻名遐迩，素有"匡庐奇秀甲天下"之誉，被颂为"人文圣山"。尤其是庐山的瀑布，不愧为"天下三奇之一"，宛若白练高悬，飞泻直下，气吞山河，犹如银河从九霄云外倾泻而下，令李白惊叹不已，立时即兴吟下来《望庐山瀑布二首》，其中一首绝句尤为传神，成为千古绝唱的名篇：

  日照香炉生紫烟，遥看瀑布挂前川。
  飞流直下三千尺，疑是银河落九天。

继而，李白乘舟东下，至安徽当涂县。举目远眺，天门山

第二章 辞亲出蜀，仗剑游

巍峨耸立于当涂东南，吴楚交界之处，两岸高山对峙，宛如天造地设的门户，却被浩浩荡荡的长江水，以排山倒海之势，冲破山门，奔腾而去，形成一幅山断水开的壮阔景象。与此同时，长江水在两岸高山夹峙下，经天门山时，激流回旋，拍击崖壁，激起千层浪。

置身这片壮观的山水间，李白极目远眺，见天门山以东，两岸青山对峙，一叶扁舟逆流而上，仿佛从太阳的光辉中驶来，令李白大为震撼，遂吟哦出："两岸青山相对出，孤帆一片日边来。"（《望天门山》）

出了天门山，就到了金陵。

金陵即南京的古称。自古享有"江南佳丽地，金陵帝王州"的美誉，曾为六朝帝都，是中华古典文化与风雅文化的典范，素有"天下文枢"之称，与罗马齐名，被誉为"世界古典文明之两大中心"，其文化影响深远，恩泽后世。

瓦官寺与凤凰台是金陵的文脉之地，六朝风物俯拾皆是。历代的骚人墨客，咸集于此，凭吊吟哦，留下华章无数。其中，李白的"凤凰台上凤凰游，凤去台空江自流。吴宫花草埋幽径，晋代衣冠成古丘。三山半落青天外，二水中分白鹭洲。总为浮云能蔽日，长安不见使人愁。"（《登金陵凤凰台》），尤为脍炙人口，传颂千古。

这些诗句，不仅描绘了凤凰台的胜景，更倾吐了对历朝兴替的哀叹与幽思。李白登临高耸入云的瓦官阁,恍若登临日月,遨游于碧落。纵目四望,钟山巍峨,雄峙阁北;秦淮波光,萦绕阁南。雨花石飘洒,似天女散花;天乐之音,杂沓而悠扬;法鼓之声,震响于廊庑;风铃之响,清越于四隅。金陵的全貌尽收眼底。

然而,昔日的六朝霸业,已成过眼云烟,无数的辉煌,已化为尘土。那曾经显赫一时的大门,如今唯余"阊阖"二字的痕迹;曾经繁华一时的台上楼阁,亦仅存"凤凰"之名。虽然字迹未消,但门已不复存在,楼阁亦非昔日之貌,那些曾经耀眼灿烂的殿宇,今皆都化为了废墟。唯有瓦官阁,依旧屹立在这片古老的土地上,默然见证着历史的沧桑与变迁。

他不禁感叹着古今变迁,国家兴亡,即景抒怀地创作了《登瓦官阁》。

接着,他转身远眺长江,只见支流如织,交错蔓延。心中涌动着对江水泛滥可能带来的灾难的忧虑,不禁回想起六朝时期的战乱,那是何等的浩劫。此一刻,李白深感这太平盛世的来之不易。自六朝沦亡,三吴之地便日渐衰败,难以振兴。而今大唐天子,一统天下,垂拱而治,使百川归海,百姓安居乐业。

第二章　辞亲出蜀，仗剑游

在这盛世之中，即便是东海垂钓的任公子[1]，也会放下钓竿，投身国家大业。何况李白，站在金陵城头，抚今追昔，怎能不心生澎湃？

他挥毫泼墨写下了《金陵望汉江》来颂扬这开元盛世，表明自己的决心与志向，愿为国家尽忠效力：

> 汉江回万里，派作九龙盘。
> 横溃豁中国，崔嵬飞迅湍。
> 六帝沦亡后，三吴不足观。
> 我君混区宇，垂拱众流安。
> 今日任公子，沧浪罢钓竿。

为了实现这一抱负，他腰悬宝剑，怀藏重金，挥金如土地在金陵广交朋友，四处拜访地方官吏与社会名流，写下诸多诗篇。甚至纵酒狂歌，买书童，携名妓，开诗筵，从齐朝南苑的陆机故宅，到望远楼，到金樽玉簪的盛宴畅饮，到自比谢安，号称李东山，风华灼灼地创作了《月夜金陵怀古》《金陵新亭》《题金陵王处士水亭》等众多诗篇，还吸收江南民谣和俚曲的精髓，酝酿了《长干行》《杨叛儿》《白纻辞》等佳作，诗名

---

[1] 任公子，出自《庄子集释》，指的是古代传说中善于捕鱼的人。

日隆。

尽管如此努力,如此才华横溢,却依然未能带给他所渴望的成功。

这天秋夜,李白独自登上高楼,欲眺望心之所向的吴越,却只见夜色深沉,吴越之地隐于夜色,不可见,只见长江浩荡,云水相映,金陵城的倒影在云水烟光中摇曳生姿。

他凝视着眼前,树叶上的露珠点点晶莹,仿佛月宫中洒落的珍珠,闪烁着清冷的光辉。

在皎洁的月光照耀下,李白伫立于孙楚楼前,沉思良久。他心中既有对知音难求的感慨,也有与南齐诗人谢朓心灵相通的共鸣。那份对谢朓的追忆,如同自然而生的情感,悄然涌上心头,一气呵成《金陵城西楼月下吟》:

>金陵夜寂凉风发,独上高楼望吴越。
>白云映水摇空城,白露垂珠滴秋月。
>月下沉吟久不归,古来相接眼中稀。
>解道澄江净如练,令人长忆谢玄晖。

整首诗,李白以宽广的笔触,描绘了天地古今的景象,情感跌宕起伏,深邃悠远。正如清代赵翼在《瓯北诗话》中所言,李白的诗作不拘泥于雕琢,自有天马行空的气势。看似随意挥洒，实则脉络分明，情感深沉，如同波浪起伏，节奏鲜明，贯穿全篇，使诗作浑然天成，构思巧妙，如同佳酿一般，传递给世人，历久弥香，回味无穷。

于是，他以诗人的身份与情怀徜徉于金陵古城的这段日子，满载着追忆与探索，挥毫泼墨，创作出一篇篇珍贵的诗作，也留下了一段段难忘的回忆，充盈着他生命的历程。

这些记忆，如同生命中的宝贵财富，让他时刻怀念，难以忘怀。

5. 千金散广陵

半年后，即开元十四年（726）春天，李白暂别金陵，欲东赴广陵。

这天早晨，春风骀荡，李白走进来江南水村山郭的一家小酒肆，坐在沁人心脾的香气中小酌，杨花与柳絮在他身旁轻飞乱舞，扑满了小店，当垆的姑娘，手捧新压出的美酒，劝客品尝。

柳絮飘飞，酒香浓郁，让人难以分辨是酒香还是花香。

不久，金陵的子弟们纷纷来到酒店，为他饯行。只见吴姬们更加忙碌，一边压酒，一边笑语殷勤地招呼客人，气氛热烈而温馨。宾主间频频举杯，杯中酒一饮而尽。欢声笑语中，春日的暖阳透过窗棂,洒在每个人的脸上,映出一片金色的光辉。

其间,一位青年忍不住问李白:"太白兄,你此去广陵,辞别金陵,离开我们,心中可有不舍?"

李白微微一笑,目光透过窗棂,凝视着滔滔江水,缓缓道:"诸位,不妨问问这东流水,我们的离愁别绪,与它相比,究竟谁短谁长?"话毕,便脱口而出《金陵酒肆留别》:

风吹柳花满店香,吴姬压酒唤客尝。
金陵子弟来相送,欲行不行各尽觞。
请君试问东流水,别意与之谁短长?

这场春光里的送别,丝毫不亚于春色的明媚与葱茏,李白已然获得了欣悦,并且非常满足。

傍晚时分,他豁达地挥了挥手,转身乘船出发,前往广陵。在从征虏亭到广陵的江上,李白被夜色中的江景所吸引,创作了《夜下征虏亭》。春江花月夜,皓月临空,波光潋滟,回首仰望征虏亭,只见那高高的古亭在月光映照下,轮廓分明。再远望那山花,江上渔火,点缀在宁静的夜空下,多么迷人的江河月色,多么惬意的月下行舟!

很快,李白抵达广陵。

第二章 辞亲出蜀,仗剑游

广陵,即扬州,是唐代除京都外的第一大都会,其繁华盛况,不难想象。正如韩作荣先生在《天生我材——李白传》中所说,由于大运河的开通,古运河自瓜洲入江口至宝应之黄浦,百余里河段,樯帆如林,桨声灯影,官舫贾舶,络绎不绝,运载盐粮兵甲,维系着一代代王朝的兴衰,连通着中国古老大陆的江河湖海,北去南来,宛若运河之水,绵延不绝。扬州,因运河而生,因运河而兴。其水榭楼台、垂柳琼花、古寺高塔、龙舟水殿,无不显皇家气派。而私家园林、假山竹影,人造之四季,亦为盐商大贾与官人名流之宅第,皆与官河水渡相连,堪称富甲天下的销金窟与风月场。

李白抵达广陵,继续他一贯的游历习惯,毕竟广陵的自然风光美不胜收,亭台楼阁与山石翠柳,错落有致地点缀在碧水间,步步皆景,令人流连忘返。他遍访名胜,驻足古刹,更在繁华之地尽情享受,携妓周游,结交豪杰文士,沉醉于酒肆之中。正如他在《上安州裴长史书》中所述:"东游维扬,不逾一年,散金三十余万,有落魄公子,悉皆济之。"

足见李白的生活豪放不羁,挥金如土,广交良朋,慷慨解囊,尽显豪侠之气。

这天,走在熙攘的街头,他手持玉壶,买来美酒,为朋友饯行。

他们行至数里外,将马匹系在垂杨下,便在大道边频频举杯，畅饮话别。

这时候的他们好年轻，诚心实意。

直饮至夕阳沉落，余晖满天，绿水青山在他们的醉眼中愈发朦胧，恍如仙境，恍如已飘然至天边，或海上，沉溺于如梦如幻的美景。

直至兴尽，夜色渐浓，他们才豪爽地挥一挥衣袖，各自离去。

然后，李白写下了豪迈又细腻的《广陵赠别》：

> 玉瓶沽美酒，数里送君还。
> 系马垂杨下，衔杯大道间。
> 天边看渌水，海上见青山。
> 兴罢各分袂，何须醉别颜。

接下来，李白继续着他的游历，一天天，春天去了夏日来，夏日过后，秋风起。

到了这时，李白所携带的金银大多已散尽，昔日纵酒携妓、逍遥自在的生活，也难再续，以至于次年，为了在鄂城东安葬好友吴指南，他不得不向人乞求借贷。

不料，几日后，李白竟染疾于广陵，困卧床榻。病榻之上，忧思如秋风萧瑟，萦绕在深秋长夜的寂寞之中。回望往昔

第二章　辞亲出蜀，仗剑游

岁月，他感慨时光荏苒，壮志未酬，人生坎坷，愈发思念远方的亲人和故土。于病榻上提笔，写下了《淮南卧病书怀，寄蜀中赵徵君蕤》："吴会一浮云，飘如远行客。功业莫从就，岁光屡奔迫……"

是呀，是呀，岁月流转，时光急迫，乃至从青春年少离开家乡，直至衰衰老矣。李白的一生，浪迹天涯，虽然曾于安陆、东鲁、梁园等地暂居，然其心始终未曾有片刻安稳。他曾自嘲曰："去国长如不系舟"，自离故土，便如浮萍漂泊，随波逐流，直至生命之终——客死于当涂李阳冰处，再也没有回去过故乡。

故乡就像那明晃晃的月光，如霜如露地照耀着他，令他夜不成寐。

他起身，移步至窗前，抬头仰望夜空中的皓月，宛然是陇西院的月、大匡山的月、峨眉山的月，一一浮现在他脑海。他不禁低头，沉思。就在这一俯一仰间，多少情感如潮水般喷涌而出，涌荡在心头，模糊了眼眶，使他情不自禁地吟诵出那首耳熟能详的名篇《静夜思》：

床前明月光，疑是地上霜。
举头望明月，低头思故乡。

简简单单的四句诗，明白如话，好似信口而来，不着痕迹，却字字是深情，字字意味深长，传颂千古。

6. 月下姑苏台

病愈后，李白从广陵乘舟南下，前往会稽。

这天，他与友人储邕告别，并向他询问前面的路途。储邕微笑着，手指轻轻指向东南方。

李白随即乘舟起程，沿着悠长的水路南下，直奔会稽。

沿途，他饱览了清澈的溪水、翠绿的竹林，水面如镜，映照着荷花婀娜，风送荷香，阵阵扑鼻。这一路上的美景，唤起了他的诗意，激发了他的创作灵感，留下了《别储邕之剡中》：

借问剡中道，东南指越乡。
舟从广陵去，水入会稽长。
竹色溪下绿，荷花镜里香。
辞君向天姥，拂石卧秋霜。

正是在这次旅途中，李白自运河起程，经会稽，穿剡溪，终至天姥山。他不仅饱览了越地的山水之美，探访了众多古迹，还创作了《越女词》与《越中览古》等佳作。更登上天台山巅，远望无垠的大海，实现了他长久以来的愿望——东涉溟海。

先说天姥山，亦名天姆山、天姥岑，山形宛若仙女，古人喻为天界神女，故称"天姥"，传为西王母的化身。也有传说登山的人能听到仙人天姥的歌声，山由此得名。这座山不仅为历代文人雅士所推崇，更因李白的《梦游天姥吟留别》与《壮游》等篇而名扬四海。

天姥山由拨云尖、细尖、大尖等群峰组成，是道教的福地，拥有司马悔桥、天姥古道、穿岩十九峰、天姥寺等众多古迹，每一处都是历史的见证，文化的沉淀。

是日，晨光熹微，李白来到天姥山下，沿着东晋时期谢灵运所开辟的谢公古道，缓缓前行。他穿过落马桥，桥下的斑竹村静谧古朴，似在低语千年往事。从天姥院出来，李白继续攀登，直至穿岩十九峰之巅。屹立峰顶上，仿佛触及历史的脉络，他心中涌动着无尽的敬仰与赞叹，默默感慨："天姥山，你见证了无数文人的梦想与追求，经历了岁月的沧桑变迁。今日，我李白也来到你脚下，感受着你的雄伟与神秘。"言罢，他继续踏上这片古老土地，脚步不停，探索不止。

风声、鸟鸣声回旋在耳边，他与自然对话，与历史共鸣。每一步，都踏在历史的厚重上，感受着岁月的壮阔与深邃。每一眼，都深情款款，尽是对这方水土的热爱，对往昔岁月的尊崇。而他的灵魂，在这广袤的大地之上，仿佛脱尘，自由翱翔。

至今，天姥寺中，犹存"李白梦游天姥处"的古石碑。数块残碑，如历史的低语，静静诉说着往昔的辉煌与岁月的沧桑。

也是这次亲临其境的深刻体验，激发了李白后来创作《梦游天姥吟留别》时那如梦如幻的生动描绘，强烈的画面感宛如一幅生动的长卷，令人心驰神往。

次年春，李白由越州返回吴地途中，来到苏州。

苏州，春秋时期吴国的都城。

昔日吴越争雄，吴王夫差曾励精图治，奋发图强，誓要洗雪父仇。然而，击败越国后，他沉迷于声色，与越王勾践献上的美女西施在姑苏台日夜寻欢作乐，最终导致国破家亡。如今，李白来到这昔日的游乐之地，只见楼台庭苑荒凉残败，昔日的辉煌已不复存在。唯有杨柳依旧蓬勃，吴女采菱的歌声清亮动人，无尽的春意令人陶醉也令人惆怅。

是夜，月华如水，李白独立于姑苏台上，仰望那轮高悬天际的西江明月。昔日吴王宫殿的繁华盛景，如今只剩下寂静与荒芜，美人西施的倩影早已随风而逝，只有这明月，依旧照耀着这片古老的土地。

明月依旧，人事已非，李白不禁感慨万千地吟下《苏台览古》：

第二章 辞亲出蜀，仗剑游

> 旧苑荒台杨柳新，菱歌清唱不胜春。
> 只今惟有西江月，曾照吴王宫里人。

尤其是后两句"只今惟有西江月，曾照吴王宫里人"，景色凄清，情感古今，以含蓄不尽的言外之意，使读者的情感体验瞬间产生新的飞跃，使得诗境更加深远，情感更加丰富。

这首诗吊古情深，语言凄婉，与《越中览古》的主题既有着异曲同工之妙，也各有千秋。《苏台览古》自今追昔，自然流畅，神韵天成。而《越中览古》则由盛转衰，古今映照，更显沧桑。两者转折各异，前者妙在"只今惟有"，后者则在末句见长。

关于《苏台览古》，明代高棅在《唐诗正声》中评价："作法圆转，妙在'只今惟有'四字。"桂天祥在《批点唐诗正声》中也指出："千万怨恨人，便不能为一语。"李攀龙和叶羲昂在《唐诗直解》中更是强调："此首伤今思古，后作思古伤今，得力全在'只今惟有'四字。"

"只今惟有"所蕴含的古今之感，宛如时光流转，触动人心。

7. 养望于寿山

李白心怀天下，志向高远，不仅限于文墨之功，更在于济世拯民，成就一番伟业。

日日里，他以笔为剑、以诗为舟，遨游于诗词的海洋，追寻着更高的艺术境界，始终昂扬奋进，不屈不挠，犹如翱翔九天的鲲鹏，其心之所向，非俗世所能囿。

这一日，为了寻求帮助，他决意北上汝海，即今河南汝州，前去拜访元丹丘。

元丹丘，是李白的莫逆之交，当时著名的隐士，纯粹的修道者，毕生致力于道家修炼，志在探求仙道，精神境界高远，李白为其创作了诸多诗篇。

就是在前往汝海的途中，据金涛声先生的著作中说，李白结识了诗人孟浩然。

孟浩然，字浩然，号孟山人，襄阳人士，唐代山水田园诗派的杰出代表，其诗名远扬。他年长李白一旬有二，却与李白志趣相合，缔结了深厚的友情。

告别孟浩然后，李白继续北上，抵达元丹丘的颍阳山居，并在那里小住。

颍阳山居，幽静而雅致，山居之中，松风阵阵，月色如水。李白在此与元丹丘畅谈天下事，共谋未来路。其间，恰逢

第二章 辞亲出蜀,仗剑游

元丹丘有一位老友马正会,当时正担任安州中督府的都督。得知此消息后,元丹丘决定陪同李白一同前往安州首府安陆,拜见马都督,以便得到更多的关照和支持。

两人抵达安陆后,受到了马都督的热情接待。

马都督在阅读了李白呈送的诗文后,对其才华赞不绝口,称他为奇才。他对在场的长史李京之说:"一般人的文章,如同山上缺少飞烟流霞,春天缺少青草绿树,读来索然无味。而李白之文,清雄奔放,名章俊语,络绎间起,光明洞彻,句句动人。"(据《上安州裴长史书》译)[1] 听到这番赞誉,李白心中喜悦,感觉自己遇到了真正的知音。

在马都督的关照下,李白选择在安陆西北六十里处的风景胜地寿山暂住下来,继续他的诗文创作。

安州寿山,峰峦叠翠,绿树成荫,空气清新,宛若人间仙境。相传此地山民常有百岁之寿,故名曰寿山。

李白在此,小住数日,精神日渐焕发,体魄亦愈发强健,与初来时相比,大有起色。他对这片山水怀有深情,甚至在给友人的书信中,亦不吝溢美之词,盛赞寿山的奇秀。

李白在寿山的日子,如同一幅淡雅的山水画卷,静谧而深远。他在此修身养性,汲取天地灵气,山川秀美。每当夜深人

---

[1] 原文为:诸人之文,犹山无烟霞,春无草树。李白之文,清雄奔放,名章俊语,络绎间起,光明洞澈,句句动人。

静,月明星稀,他便挥毫泼墨,书写着心中的豪情与梦想。他相信,只要时机成熟,他定能一展宏图,实现自己的抱负。他的诗篇,如同春日里的细雨,滋润着人们的心田;如同夏日里的微风,拂去人们的疲惫;如同秋日里的果实,带来收获的喜悦;如同冬日里的暖阳,温暖人们的心房。因为他的诗歌,不仅仅是文字的堆砌,更是情感的流露与心灵的对话。

这天,他正沉醉于寿山的旖旎风光时,忽然接到扬州孟少府的书信。

孟少府在信中责备李白,安于小隐,不思进取,不欲外出见世面,闯荡天下。

对此,李白微微一笑,挥毫泼墨,撰文《代寿山答孟少府移文书》:

淮南小寿山谨使东峰金衣双鹤衔飞云锦书於维扬孟公足下曰:仆包大块之气,生洪荒之间。连翼轸之分野,控荆衡之远势。盘薄万古,邈然星河。凭天霓以结峰,倚斗极而横嶂。颇能攒吸霞雨,隐居灵仙。产隋侯之明珠,蓄卞氏之光宝,罄宇宙之美,殚造化之奇。方与昆仑抗行,阆风接境。何人间巫、庐、台、霍之足陈耶?

昨於山人李白处见吾子移文,责仆以多奇,鄙仆以特秀。而盛谈三山五岳之美,谓仆小山无名,无德而称焉。观乎此

第二章 辞亲出蜀，仗剑游

言，何太谬之甚也。吾子岂不闻乎：无名为天地之始，有名为万物之母。假令登封禋祀，曷足以大道讥耶？然能损人费物，庖杀致祭，暴殄草木，镌刻金石。使载图典，亦未足为贵乎？且达人庄生，常有馀论，以为尺鷃不羡於鹏鸟，秋毫可并于太山。由斯而谈，何小大之殊也？

又怪于诸山藏国宝、隐国宝，使吾君膀道烧山，披访不获，非通谈也。夫皇王登极，瑞物昭至。蒲萄翡翠以纳贡，河图洛书以应符。设天网而掩贤，穷月窟以率职。天不秘宝，地不藏珍。风威百蛮，春养万物。王道无外，何英贤珍玉而能伏匿于岩穴耶？所谓膀道烧山，此则王者之德未广矣。昔太公大贤，傅说明德，栖渭川之水，藏虞、虢之岩，卒能形诸兆朕，感乎梦想。此则天道暗合，岂劳乎搜访哉？果投竿指麾，舍筑作相，佐周文，赞武丁。总而论之，山亦何罪？乃知岩穴为养贤之域，林泉非秘宝之区。则仆之诸山，亦何负于国家矣！

近者逸人李白自峨眉而来，尔其天为容，道为貌，不屈己，不干人，巢由以来，一人而已。乃虬蟠龟息，遁乎此山。仆尝弄之以绿绮，卧之以碧云，嗽之以琼液，饵之以金砂。既而童颜益春，真气愈茂。将欲倚剑天外，挂弓扶桑。浮四海，横八荒，出宇宙之寥廓，登云天之渺茫。俄而李公仰天长吁，谓其友人曰：吾未可去也。吾与尔，达则兼济天下，穷则独善一身。安能餐君紫霞，荫君青松，乘君鸾鹤，驾君虬龙，一朝飞腾，为方丈蓬莱之人耳。此则未可也。乃相与卷其丹书，匣其瑶瑟，申管、晏之谈，谋帝王之术，奋其智能，愿为辅弼，使寰区大定，海县清一。事君之道成，荣亲之义毕。然后与陶朱、留侯，浮五湖，戏沧洲，不足为难矣。即仆林下之所隐容，岂不大哉！必能资其聪明，辅以正气，借之以物色，发之以文章，虽烟花中贫，没齿无恨。其有山精木魅，雄虺猛兽，以驱之四荒，磔裂原野，使影迹不绝，不干户庭。亦遣清风扫门，明月侍坐。此乃养贤之心，实亦勤矣。

孟子孟子，无见深责耶！明年青春，求我於此岩也。[1]

在这封书信中，李白自比寿山，虽小却珍贵，以诗意反驳孟少府的指责。他坚信自己的政治理想，寿山亦视他为高洁之士，愿与他共游四海。当然，李白也感慨道："我不能去。显达则济世，失意则自洁，不可因一时之成就而忘本。"决心放弃修道，收起炼丹书，藏起瑶瑟，学习管仲、晏婴，研究治国之道，以智慧辅佐君主，实现国家统一和天下太平，待功成后，再效仿范蠡、张良，功成身退，悠游四海。

《代寿山答孟少府移文书》是李白生平中最为重要的文字，铺陈起伏，纵横驰骋，代山立言，实际则是借寿山口吻表白和

---

[1] 《李白集》，（唐）李白著，三晋出版社，2008年版，第147、148页。

第二章　辞亲出蜀，仗剑游

宣扬自我。

他亲近自然，喜欢神仙道教，同时，又有着极为强烈的入世激情，对自己的才能非常自信，希望干一番惊天动地的大事，然后功成身退，飘然归隐。

这种李白式的人生设计，洋溢着理想主义的光辉。

为了践行这一人生宣言，李白仗义执言，任侠行侠，求仙访道，隐居养性，干谒求荐，多方面探索，百折不挠，孜孜不倦地奋斗了一生。

第三章　长安三春，仕途难

1. 隐居桃花岩

开元十五载（727），李白年方廿七，才华横溢，文思敏捷，精力充沛。

他已步入成熟之境，英姿勃发，声名日隆，为士林所推崇。

而且，作为风流才子，李白仪容俊朗，玉树临风，在安州这个地方，其才情与风度，已然是凤毛麟角。何况他又以皇室宗室自居，广交官宦，得官宦高士的另眼相待，为其说媒，不久后，即入赘已故宰相许圉师家。

许圉师，安州安陆人，谯国公许绍幼子，贞观年间考中进士，历任黄门侍郎、同平章事、监修国史等职，龙朔年间（661—663），拜左丞相、谯国公，官居一品，深得唐高宗宠信，权势熏天，一人之下万人之上。仪凤四载（679），许圉师在任上病逝，追赠幽州都督，陪葬恭陵，谥号为简。

如今的许家，虽非昔日的辉煌。但许氏一门，出将入相，许绍和许圉师的官位与声望煊赫一时，声名远播，还是称了李白的心思，甘心入赘许府，以就婚相府为荣。

是日，许府焕然一新，张灯结彩，喜气洋洋。屋檐下，宏伟的建筑与室内的装饰相映成趣，光彩夺目。此房屋的风格恰如于赓哲教授《盛唐到底盛在哪儿》所言："唐朝的建筑就是这样，庄重、大气：屋檐往往出檐深远，斗拱雄壮，整体比例匀称；装饰色彩要么非常简约，要么艳而不俗；连窗栅栏都是那种条状的栅栏，没有那么繁复的、雕梁画栋的感觉。"

这样场阔，大气的厅堂与李白的豪迈相得益彰，更显喜庆。

随着八音的齐奏，官宦豪门与文人雅士纷纷携礼前来，络绎不绝。

在满座宾客、在天地和高堂的见证下，李白与许氏，夫妇对拜，喜结连理。

婚后，李白与许氏居于许家。

新婚燕尔，两人情投意合，郎才女貌，情感日渐深厚。常常是，李白在月下吟诗或灯下挥毫泼墨，许氏在旁静静聆听或

第三章　长安三春，仕途难

轻抚琴弦，彼此琴瑟和鸣，和谐而美好。

然而，李白本性高洁，心性自由，不喜拘束，终日寄人檐下，心中难免有所不适，再加时日一长，赘婿难为呀！

于是，他携妻子，在距大安山许府五里外的白兆山桃花岩，构筑了一间石屋。

石屋筑于山腰，高卧云窗，俯瞰群峰，能与山间云雾轻语。两侧的山岭近在咫尺，如青龙白虎般环抱着桃花岩壑，岩下的绀珠泉清澈见底，是猿猴嬉戏饮水的好地方。步出石屋来，立于苍翠的山顶，放眼望去，心旷神怡，恍如置身于遥远的罗浮山巅。

当一日的阳光隐没于杂树间，万籁俱寂，静候着幽静的月光缓缓覆来，被倾斜的崖壁遮遮掩掩，欲语还休地照亮了遍野的芳草飞萝。

在这样的隐居之地，山清水秀，云卧风吟，远离尘嚣，格外清幽与宁静。李白在此修仙学道，渔樵耕读，尽享自然之趣，心似白云，意如流水。

常常，李白外出漫步山间，寻诗觅句时，许氏则溪边浣衣，林中采果。每当李白归来，许氏总是含笑相迎，彼此的眼中尽是款款深情。

这一日，李白飘然进屋来，她迎上去，轻拂其衣，问曰：

"今日山中可有新诗？"李白笑答："山间清风，林中鸟鸣，溪边流水，皆入我诗。"

听得许氏莞尔一笑。

翌日晨起，许氏正坐在镜前，细心地贴花钿。花钿是唐代女子常用的一种装饰，通常贴在额头或脸颊，增添几分妩媚与风情。

李白来到妻子身后，注视着她的动作，看着她额头上精致的花钿，不禁生出几分玩味，轻声道："娘子，这花钿贴得真是恰到好处，更显得你容颜如花。"

许氏闻言，脸上泛起一抹红晕，转头对李白笑道："夫君又来取笑我了，这花钿是寻常之物，哪里比得上夫君的诗才。"

李白微微一笑，在许氏的额头轻轻哈了一口热气。花钿受热后，他便轻松地揭了下来，戏谑地笑："看，这花钿也识趣，知道在夫君面前，不敢争艳。"

许氏轻笑着，嗔怪道："夫君连花钿都不放过。哎，这花钿揭下后，我倒觉得轻松了许多。"

李白看着妻子轻松自在的样子，轻抚许氏的脸颊，说道："娘子，你不需要任何装饰，自然之美已胜过世间万物。"

两人相视一笑。晨光透过窗棂，洒在他们身上，这一刻的温馨与幸福，仿佛连时光都为之动容。

第三章 长安三春，仕途难

多么好的时光，点点滴滴，宛如一首长诗，每一行都情深意长，流溢在李白的笔墨里。他日夜描绘着身边的美景，记录着生活的温馨。山风、鸟鸣、流水，皆为他们的生活乐章，在每一个平凡的日子里，可尽享自然的恩赐。

这不仅是李白与许氏所向往的静好，亦为世人所憧憬。

在一个春夜，他们夫妻二人鸾凤和鸣，如神仙眷侣般笑迎着来访的从弟，在石屋前的空地，摆放了几案，大家围坐畅饮，谈笑风生。时而吟诗作对，时而弹琴歌唱，欢声笑语中，李白兴致勃勃地写下了《春夜宴从弟桃花园序》：

夫天地者，万物之逆旅也；光阴者，百代之过客也。而浮生若梦，为欢几何？古人秉烛夜游，良有以也。况阳春召我以烟景，大块假我以文章。会桃花之芳园，序天伦之乐事。群季俊秀，皆为惠连；吾人咏歌，独惭康乐。幽赏未已，高谈转清。开琼筵以坐花，飞羽觞而醉月。不有佳咏，何伸雅怀？如诗不成，罚依金谷酒数。

次年，女儿出生。

初为人父的李白望着粉嘟嘟的婴儿，喜不自胜，为女儿取名"平阳"，希望她日后有个好的归宿，活得活泼欢快。

李白传

在接下来的三年里,他深深眷恋着妻女,未曾远离一步。

正是在伉俪情深、爱女娇憨、亲朋好友频繁往来的好日子里,李白日益沉浸于家室的和乐、亲友的欢聚以及山林的幽谧,激发了他创作《安陆白兆山桃花岩寄刘侍御绾》:

> 云卧三十年,好闲复爱仙。
> 蓬壶虽冥绝,鸾鹤心悠然。
> 归来桃花岩,得憩云窗眠。
> 对岭人共语,饮潭猿相连。
> 时升翠微上,邈若罗浮巅。
> 两岑抱东壑,一嶂横西天。
> 树杂日易隐,崖倾月难圆。
> 芳草换野色,飞萝摇春烟。
> 入远构石室,选幽开上田。
> 独此林下意,杳无区中缘。
> 永辞霜台客,千载方来旋。

2. 上安州裴长史书

秋风起，落叶舞，夜月渐凉。

一个秋夜，李白夜不能寐，辗转反侧，耳畔传来鼯鼠的哀鸣与落叶的轻响，心中泛起凄凉。梦寐以求的长生术，似乎遥不可及。岁月匆匆，日月更替，昨日、今日、明日，悄然逝去。他不禁感叹人生短暂，岁月如梭，一日日蹉跎下去，寻仙梦渐远，功业未成，不由涌起一股莫名的冲动。

是为男子，志在四方，胸怀天下，再次激发了他投身仕途的决心，尤其是想起不久前误闯李长史车驾，修书谢罪并附诗作，可有如泥牛入海，全无消息。

李长史，便是那日里当他与故交元丹丘谒见马都督时在场的长史李京之。李京之虽然听到马都督称赞李白为奇才，也微微点头，不过是做做样子，敷衍而已，根本没把李白当回事。

或许是因为李白的诗名日隆，才冠一方，招致他人嫉妒。

或许是他高傲的性格和赘婿的身份，被人轻视。

又或许是他自称与皇室同宗，却无确凿证据，被看作是夸夸其谈。

总之，种种原因导致他在此期间遭受了众多非议和诋毁。有人甚至来询问他，他微微一笑，作了《山中问答》：

> 问余何意栖碧山，笑而不答心自闲。
>
> 桃花流水窅然去，别有天地非人间。

他隐居的桃花岩是世外桃源，可远离尘世喧嚣。

然而，他隐居于安陆，实为期待马都督举荐。不料，马都督不久便离职而去。李京之对李白并无好感。更不幸的是，李白前日醉酒夜归，偶遇李长史车驾，一时冲动上前问候，竟惊了马匹，险些使李长史坠车。

李白的鲁莽之举，既冲撞了长官，又违反了宵禁之令，幸得许家声望及自身名望所庇，未受惩处，但不得不向李长史写了一封言辞卑微的道歉信。

这封信，后被收录于《李白全集》，题为《上安州李长史书》。信虽使李白免去了李长史的苛责，却在史册中留下了一抹不甚光彩的印记。

幸而，李长史不久便调离此地，裴长史接任其职。

然而，裴长史初到任，已然被一些流言蜚语所影响，与李白的几次会面，气氛总是显得尴尬且疏远，甚至目光中，不时流露出对李白的不屑。

尽管如此，李白也并未放弃，决然挥毫写下《上安州裴长史书》，以表心志，澄清己身。

第三章　长安三春，仕途难

在这封信中，李白首先追溯了自己的家世与成长。他自豪地提及自己出身于金陵的李氏家族，乃西凉武昭王李暠之后。尽管家族历经波折，但他在江汉一带长大，勤奋好学，博览群书。成年后，他游历四方，南至苍梧，东涉溟海，足迹遍布长江中下游地区。最终，他来到安陆，与许相国家结为亲家，并在安州定居三载。

接着，李白在信中逐一陈述了自己的高洁品格与超群才华。他慷慨解囊，重情重义，淡泊名利，才华横溢。信中更以实证与人证驳斥诽谤，恳求裴长史详查真相，还他清白。

信末，李白写道：

愿君侯惠以大遇，洞开心颜，终乎前恩，再辱英眄。白必能使精诚动天，长虹贯日，直度易水，不以为寒。若赫然作威，加以大怒，不许门下，逐之长途，白即膝行于前，再拜而去，西入秦海，一观国风，永辞君侯，黄鹄举矣。何王公大人之门，不可以弹长剑乎？[1]

这篇长文软硬兼施，刚柔并济，尽显李白性格的多面与复

---

1 《李太白全集（上下）》，（清）王琦注，中华书局，2018年版，第1064页。

杂。至于面对裴长史，李白以谦卑之心尊称其为君侯。他赞美裴长史仪容，称其贵且贤，"鹰扬虎视，齿若编贝，肤若凝脂，昭昭乎若玉山上行，朗然映人也"。他赞颂裴长史"高义重诺"，名动京城；四方诸侯闻其高风亮节，暗暗称许。他说长史慷慨，气度激昂，豪气可与虹霓融为一体。

尽管李白在信中如此高捧，极力自荐，裴长史却未被其言辞所动。这让李白深切体会到了被诬陷而无人辩解的苦楚，深受打击，激发了他决心前往长安寻求崭露头角的机会。

之后，李白与妻子商议后，即刻起程前往京城长安，去追寻实现人生抱负的机遇。

3. 嵩山小住

别离的日子，宛如秋风中的落叶，悄然而至。

李白站在院中，目光久久望向长安的方向。在他心中，既有对未来的渴望，也有对离别的不舍。何况此去长安，前途未卜，归期难定，他心中不免忐忑。

虽然许氏家境殷实，衣食无忧，家中有家奴侍奉，小女儿亦有奶妈抚育，李白对此大可放心。然而，三载未曾久别，夫妻情深，父女情长，此番离别，难免依依难舍，夫妻一夜

第三章 长安三春，仕途难

未眠。

清晨的阳光透过窗棂，洒在许氏默默为他整理行装的身影上。眼中满是不舍，轻声叮嘱："夫君，长安之行，务必珍重。衣食住行，注意寒暖，饮酒有节，顾惜身体。"

李白紧握许氏的手，深情地说："娘子，我会的，你在家中也要多加保重，照顾好自己和女儿。"

许氏眼中泪光闪烁，她强忍着，柔声道："夫君，你放心去，家中一切，我自会照料。"小女儿也感受到了离别之情，拉着他的衣角，娇声说："父亲，记得早些归来，我和母亲都会想念你的。"

李白俯身抱起女儿，紧紧拥入怀中，在耳畔叮嘱："好孩子，父亲不久便会归来。你要听母亲的话，勤于读书，待我归来，要听你背诗。"

小女儿轻轻点头，眼中闪烁着期待的光彩。

李白起身，目光与许氏在晨光中深情交会。许氏含泪微笑，默默点头。

李白深吸一口气，缓步走出门外。

一出门，他的步伐立即坚定而有力。

他深知，此去长安，不仅是追逐个人梦想，更是为了家人能有一个更好的明天。

他决意先赴嵩山,与道友元丹丘一聚。

嵩山,始称"中岳嵩山",为五岳之首,是道教全真派的圣地,云雾缭绕,群山起伏,宛如大海的波涛一般,气势磅礴。

这天,李白抵嵩山,沿着曲折小径缓步前行,忽然,一道熟悉的身影映入眼帘,正是久别的道友元丹丘。

元丹丘在颍水岸上建了几间房舍,曰颍阳山居,北靠马岭,南眺鹿台,远望汝海,景色秀丽,令人心旷神怡。李白见此美景,挥毫泼墨,题下《题元丹丘山居》,对元丹丘的神仙般生活,羡慕不已,赞不绝口:

故人栖东山,自爱丘壑美。青春卧空林,白日犹不起。
松风清襟袖,石潭洗心耳。羡君无纷喧,高枕碧霞里。

在幽静的山居中,两人久别重逢,畅谈玄学,深究经文,炼丹求药,品清酒,赋诗章。然而,事实上,李白正因仕途之事烦恼,不免打扰了元丹丘的清修。一日,他与元丹丘商议,欲通过拜访权贵以求仕途。元丹丘与唐玄宗的妹妹玉真公主关系甚密,公主亦好修仙学道,李白期望元丹丘能将他引荐给玉真公主。

第三章　长安三春，仕途难

玉真公主，字玄玄，号"持盈"，法号无上真。据《中州金石记》卷三记载，玉真公主于天宝二载（743）正式受道，其受道灵坛祥应记由道士蔡玮撰文，元丹丘亲笔书写。可见，元丹丘与玉真公主的关系之密切。魏颢在《李翰林集序》中亦有记载："白久居峨眉，与元丹丘因持盈法师达，白亦因之入翰林。"透露出李白得以进入翰林院，与元丹丘及玉真公主的引荐密切相关。

元丹丘不仅是李白的道友，更是他仕途上的引路人。他建议李白干谒宰相张说，所谓"历抵卿相"，多方寻求出路。

后来，李白入了长安，带着故相许圉师后人的显赫身份，带着满腔的抱负和才华，志在实现理想。然而，许家的昔日荣光已逝，朝中无显要人物可依。与李白交好的官员，多为少府县尉，位卑言轻，难以助其一臂之力。李白的理想便零落在长安的繁华，孤独而无助，不得不面对现实的残酷与挑战。

当然，李白此次来颍州嵩山，除了为元丹丘而来，还因为嵩山少室山中还居住着一位道教神人——人称"焦炼师"，德高思精的女道士焦静真。据韩作荣先生所著《天生我材——李白传》中讲，日本专修大学土屋昌明先生考证，焦炼师亦是司马承祯的弟子之一，与胡紫阳同辈，可能是元丹丘的前辈。焦炼师是玄宗之妹玉真公主的师父，故元丹丘与玉真公主应为同辈修道者。从司马承祯、胡紫阳、焦静真到元丹丘、玉真公主，这一脉相承的上清派道士，对李白的影响深远。他们不仅是他的朋友，更是他走上仕途的终南捷径。因此，李白在嵩山寻觅焦炼师的隐居之地，亦是他此行的重要目的。尽管未能与焦炼师相遇，李白仍写下了《赠嵩山焦炼师并序》：

嵩丘有神人焦炼师者，不知何许妇人也。又云生于齐梁时，其年貌可称五六十。常胎息绝谷，居少室庐，游行若飞，倏忽万里。世或传其入东海，登蓬莱，竟莫能测其往也。余访道少室，尽登三十六峰，闻风有寄，洒翰遥赠。

二室凌青天，三花含紫烟。中有蓬海客，宛疑麻姑仙。
道在喧莫染，迹高想已绵。时餐金鹅蕊，屡读青苔篇。
八极恣游憩，九垓长周旋。下瓢酌颍水，舞鹤来伊川。
还归空山上，独拂秋霞眠。萝月挂朝镜，松风鸣夜弦。
潜光隐嵩岳，炼魄栖云幄。霓裳何飘飘，凤吹转绵邈。
愿同西王母，下顾东方朔。紫书倘可传，铭骨誓相学。

在嵩山小住一段日子后，李白前往洛阳。途中，意外地与王昌龄不期而遇。

王昌龄，字少伯，京兆长安人，是盛唐时期的边塞诗人和大臣，开元十五载（727年）的进士，创作了大量边塞诗，被誉为边塞诗的创始者和先驱，有"诗家夫子王江宁"之誉，更被后人尊为"七绝圣手"。

王昌龄得知李白要去长安，他深知仕途的艰辛与不易，便劝李白到石门山隐居。

然而，李白正一心一意在追求功名，壮志未酬，哪有静心终老于青山，便为王昌龄创作了《邺中王大劝入高凤石门山幽居》。

之后，李白在山风中向王昌龄挥手作别，继续踏上他的求仕之路。

4. 夜宿香山寺

李白途经方城时，遇到了张县尉。

张县尉在方城热情迎接李白，并以盛情款待。他向李白展示了自己所绘的《猛狮图》，恳请李白题字。李白稍作沉思，随即挥毫泼墨，题下五十二言，生动地刻画了猛狮的威猛之态。张县尉对此赞不绝口，深表感激。

在东都奉国寺，李白受莹禅师之邀，观赏了其《山海图》。

李白传

画中尽现《山海经》的瑰丽奇景，山峦直插云霄，丹崖耀眼夺目，恍若蓬莱仙境，海浪在案前澎湃。李白对此景致深感震撼，赞叹连连，并留下了题诗。

落暮时分，李白来到龙门石窟。

秋日的龙门，风凉水冷，木落山空。他站在落日的余晖中俯看夕阳下的伊水，波光粼粼，一派深秋景象。对岸沿山开凿的石窟在暮色中似乎直入云霄，近处的松林一派幽静。月亮升起来了，地面清亮亮的，透过窗棂能望见天上闪烁的星斗。

是夜，李白夜宿香山寺。

夜不能寐，便披衣走出寺外，坐在桂花树下，闻着一阵一阵桂花的暗香，思念起幼成、令问二堂弟，写下了《秋夜宿龙门香山寺奉寄王方城十七丈奉国莹上人从弟幼成令问》：

朝发汝海东，暮栖龙门中。
水寒夕波急，木落秋山空。
望极九霄迥，赏幽万壑通。
目皓沙上月，心清松下风。
玉斗横网户，银河耿花宫。
兴在趣方逸，欢馀情未终。
凤驾忆王子，虎溪怀远公。

第三章　长安三春，仕途难

桂枝坐萧瑟，棣华不复同。
流恨寄伊水，盈盈焉可穷。

以"桂枝坐萧瑟，棣华不复同"的桂枝在秋风中摇曳，显得萧瑟而孤独，来暗喻兄弟间的情谊，虽然深厚，却难以再聚首。只能将这份思念之情寄托于悠悠的伊水，希望它能够像伊水一样，永远流淌不息，恰似伊水无有穷期。

除此之外，李白还写了《冬日于龙门送从弟京兆参军令问之淮南觐省序》等诗，诗中透露出深秋已逝，寒冬降临，长河冰封，山峦雪覆，旅途艰险，因此他选择在洛阳暂留。在洛阳，他与旧友新知欢聚一堂，诗酒相伴，畅饮尽欢。

然而，前途茫然，孤剑无托，李白时常感到郁闷，甚至喝得酩酊大醉。

一日，李白半夜惊醒，开窗望去，只见大雪覆盖了山地，冰河横贯，寒气逼人，李白不禁打了个寒战，心中涌起哀愁。他想到了傅说和李斯，他们都能从平凡中崛起，匡扶社稷，而自己却仍无所作为。李白在龙门之下叹息，何时能鱼跃龙门呢？满腹忧虑，不知向谁倾诉，只得哼一曲忧伤的《梁甫吟》。

其间，任京兆府参军的从弟令问，回安州省亲经过伊川，与李白在洛阳一聚，共叙亲情。李白自然要他回安州时代为看望妻女。

令问劝李白经潼关到华州，走古道而至长安。因为长安附近的州县也有一些朋友，可以作为进京干谒的引荐之人。

话毕，两人道别，各奔东西而去。

李白到了华州，华州的王司士热情接待了他。在《赠华州王司士》一诗中，李白赞其为士中之俊，希望王司士能助他一臂之力，但王司士只是个从七品官，也无能为力。

商州裴使君闻李白来此，慕名前来，邀李白在商州过年，并在大年初一携家游览了城西十里的石娥溪。石娥溪崖壁险峻，洞壑深邃，正月溪水冰封，景象肃杀。李白见裴使君一家欢聚，其乐融融，不禁思念起安州的家人。当裴使君再邀其东游时，李白婉拒，西行而去，并留下《春陪商州裴使君游石娥溪》一诗。

随后，李白起程，直奔长安终南山。

5. 终南捷径

开元十八载（730），李白三十岁。

三十而立，对于士人而言，不仅仅是智慧与体力的巅峰，更是人生的黄金期。因此，三十岁一事无成的李白不免内心焦

第三章　长安三春，仕途难

灼，决心主动干谒，求得朝中显贵的瞩目与扶持，实现他的抱负。

因为唐代仕途，科举之路虽为正途，然对士子身份多有限制，如商贾之子与曾为小吏者皆不得参考。李白只得另辟蹊径，不循常规，利用唐太宗贞观年间朝廷重视选拔隐居贤才的政策，以隐逸提升名声，求得朝廷青睐。他与司马承祯、胡紫阳、元丹丘等道士交往，并希望通过他们结识玉真公主，寻找入仕机会。

因此，盛夏之际，李白抵达长安，为见玉真公主，决定隐居终南山，走终南捷径，以退为进，实现自己的致仕之志。

终南山，又名太乙山、地肺山等，位于陕西省秦岭山脉中段，以其险峻山势和崎岖的道路而著称。其以五条大谷、逾百小谷，绵延数百里，成为长安的屏障。《左传》誉其为"九州之险"，《史记》称其为"天下之阻"，《长安县志》记载其横亘关中，西起秦陇，东至蓝田，长达八百里。终南山不仅是道家全真派的发源地，亦是多元文化的汇聚之地，包括道、佛、孝、寿、钟馗、财神等文化。"寿比南山""终南捷径"等典故亦源于此。其以"仙都""洞天之冠""天下第一福地"的美誉，成为人们心中的圣地。

李白选择隐居于靠近长安的松龙，写下《春归终南山松龙

085

李白传

旧隐》：

> 我来南山阳，事事不异昔。
> 却寻溪中水，还望岩下石。
> 蔷薇缘东窗，女萝绕北壁。
> 别来能几日，草木长数尺。
> 且复命酒樽，独酌陶永夕。

松龙在终南山南面，山岩之上的蔷薇盛开在东窗下，北墙环绕着丝丝缕缕的女萝。草茂山幽，林木葱郁，出门便能望见远处的紫阁峰，满目苍翠，景色秀丽，时见白云浮动，幽人云卧。李白在这片幽静之地，享受着美好的灵山秀水。

然而，李白志在城阙，并非为了终老终南山。

短暂的休整之后，李白便开始了在长安的交游，遍访了诸多显贵。

这天，他又一次站在了长安城上。

如于赓哲在《盛唐到底盛在哪儿》里所讲："唐代长安城四四方方，街道宽阔笔直，朱雀大街平均宽度一百五十五米。一百五十五米有多宽？……就连天安门前面的东西长安街，平均宽度也只有一百二十米。朱雀大街不仅宽阔，里边的那些建筑个体也大得不得了。"

李白找到了在宫中担任光禄卿的许家亲戚许辅衡。经过一番努力，许辅衡终于将李白引荐给了当时的宰相张说。

张说担任左丞相，文名显赫，善于用人，多引天下知名人士以佐王化。张说的次子张垍，娶玄宗女儿宁亲公主，拜驸马都尉，时为卫尉卿，亦为玉真公主的侄女婿。

李白满怀希望，认为张说定会欣赏他，不料，却传来张说病重、不再过问世事的消息。到年底，张说病逝。

无奈之下，许辅衡又将李白引荐给了张垍。

这天，李白终于在右相府的后院见到了张垍，张垍在阅读了李白的《长干行》《静夜思》等诗文后，并未如贺知章般称赞其为"谪仙人"，反而心生嫉妒。因为张垍也是文人，深知李白的才华，担心李白一旦入仕，自己京城四少的名声将不保。他顿时心生一计，提起玉真公主来终南山。

本来，李白就期待能见到玉真公主。

玉真公主不仅是玄宗帝的亲妹妹，还以惜才著称，喜欢结交文人墨客，被她推荐的人，皇上都会另眼相看。

听张垍一说，李白立时眉开眼笑。

张垍便将李白安排在玉真公主的一处别馆，即楼观台。

李白入住楼观时，别馆已无人居住，荒凉破败，但他还是写了一首《玉真仙人词》，称赞那位自己从未见过的公主。

李白在终南山别馆苦候玉真公主四十余日，却杳无音信。后闻公主已久不至终南，现居华山，张垍亦无音信，李白这才意识到受骗。他困顿于此，生活拮据，心情沉重，甚至无力购酒，只得将鹔鹴裘衣换酒，浇灌心中的抑郁。

这日，秋雨绵绵，李白于孤苦中，自叹怀才不遇，创作了《玉真公主别馆苦雨赠卫尉张卿二首》，喟然长叹："弹剑谢公子，无鱼良可哀。"

至此，从夏天到秋天，李白想效仿前人，隐给别人看，结果没人看到他的才能，他只得黯然离去。

6. 游历长安

下了钟南山，李白开始游历长安。

这天，他来到长安县尉崔叔封府上，崔少府热情款待了他。

是夜，夜深人静，灯下的李白翻阅《诸葛武侯传》，感慨万千，细读汉末群雄逐鹿、霸业未成，刘备三顾茅庐请卧龙出山的故事，亦热血沸腾，拍案而起。

然而，夜风拂过，李白清醒过来，想到自己目前的境遇，

第三章 长安三春,仕途难

虽怀有拯救天下的壮志,却无崔州平、徐元直这样的贤人引荐,心中不免感伤。

不免掩卷沉思,又想到了后汉的崔瑗。崔瑗锐志好学,与扶风马融、南阳张衡交好,结下了华发同衰荣之谊。李白又念及管仲少时贫困,鲍叔牙知其贤,虽常遭管仲欺凌,却始终善待他,在管仲下狱之时,更是甘做管仲的下人扶持于他。

想到这些,李白对穷困之时善待自己的崔叔封充满了感念,立时挥毫泼墨,写下了《读诸葛武侯传书怀,赠长安崔少府叔封昆季》。

苦闷的李白,这天至昆明池边,原想望浩渺池水以解胸中沉郁,不料朔云横空。秋色万里,壮志未酬,日落西山,徒增叹息。

他不禁步入广野,仰天长啸,啸声尖锐凄厉,划破寂静的原野,体内的气流也刹那间喷射,喉管震颤,面孔扭曲、痉挛,将体内的风暴飘向大地。

待啸声止,李白在池边独坐,才稍觉畅快。

不一会儿,李白遇见了崔宗之。

两人初逢,各通姓名,早慕其人,一谈即成知己。

李白赞其"崔公生民秀,缅邈青云姿。制作参造化,托讽含神祇。海岳尚可倾,吐诺终不移"(《酬崔五郎中》),也希

李白传

望崔宗之能助其一臂之力，便常常在昆明池畔，与崔宗之及诸文朋诗友相聚，觥筹交错，饮至兴起时，李白总会抚剑起舞，令在场的人惊叹不已。或酒酣耳热之际，吟诗赠文时，李白仙句一出，也往往能倾倒众人。

接着，李白又来到了新平。

新平是今西安之邠县，李白在此写下来《赠新平少年》：

> 韩信在淮阴，少年相欺凌。
> 屈体若无骨，壮心有所凭。
> 一遭龙颜君，啸咤从此兴。
> 千金答漂母，万古共嗟称。
> 而我竟何为？寒苦坐相仍。
> 长风入短袂，内手如怀冰。
> 故友不相恤，新交宁见矜？
> 摧残槛中虎，羁绁韝上鹰。
> 何时腾风云，搏击申所能？

不知李白所赠诗的新平少年是何人。或为同病相怜之辈，或为富家公子，或因李白困顿，受其资助，故以诗相赠。如今李白亦处贫寒，衣衫单薄，寒风凛冽，食不果腹。他自比困虎、被束缚的雄鹰，期盼有朝一日能展翅高飞，实现雄心。

此时的李白，已由初入长安时的满怀壮志，转为落魄孤独，心中充满了不平与愤懑，诗作中透露出深深的悲凉与无奈。如《豳歌行上新平长史兄粲》中，多有辛酸之词；《登新平楼》所见，尽是苍茫之景；《赠裴十四》中，孤独无助之情溢于言表。他日日期盼，能如韩信般，得遇知音，以展宏图。

李白游邠州，之后，于冬日又到了坊州。

地处长安之北的坊州，在如今的黄陵县一带。

李白至坊州，投奔的是坊州司马王嵩。因为李白隐居终南山时，王嵩曾慕名而去，虽未遇却已有神交。其诗《酬坊州王司马与阎正字对雪见赠》，便是这时候李白在坊州所作，诗中所提到的阎正字，是当时正五品下的秘书省官。

李白困顿之际，得王嵩、阎正字热诚相待，心存感激。诗中，李白与王嵩把酒言欢，忆昔日未遇，今得相聚，大慰平生。对阎正字，李白亦美言称颂，赞其先祖汉帝朝中为官，沉郁内敛，才力富厚，为太子宫楼倚重之臣，希望其不负苍生，若能助其腾飞，愿弃隐逸垂钓，辅佐帝王成大业。

李白于坊州华馆过了年关，将离去时又作《留别王司马嵩》。

春日里，李白重返长安，遍访显贵，却屡被拒之门外。邠州、坊州之行，虽竭尽心力，结交之人多为低阶官员，难以助力，无奈之余，李白只得重返终南山的松龙旧居，静候时机。

7. 从行路到蜀道

再一次在终南山归隐后，李白放下笔墨纸砚，洒扫庭除，拂去尘埃，整理床铺书箧。

这天午后，李白临轩小坐，看溪水潺潺，女萝绕壁，山野花开如常。而数尺高的草木，掩映其间，愈见繁茂。遍地葱茏，他却面无表情，仿佛所有的情绪都被压抑在心底。

很快，他返身入屋，复拾酒樽，坐在草庐中，独酌独饮。

酒入愁肠，思绪万千，目光不由得又望向窗外，望着空蒙的山色，寂寞地感慨着昔日的豪情壮志，今朝却只能与草木为伴，他不免心境起伏，难掩内心的复杂与伤感。

接着，他手持酒樽，步出草庐，远眺长安，想象着：宫阙连绵，殿宇巍峨，街巷井然，渭水如带。朝臣显贵，衣冠楚楚。正值盛年的玄宗又好马，厩马连山，军威雄壮，贤臣良将，歌舞升平，一派国泰民安的盛世景象。

然而，这盛世与李白何干？李白孤苦伶仃，乡愁涌上心头，悲从中来，泪湿衣襟。想当年燕昭王筑黄金台，广招贤才，反观自己，却似被遗弃的糟糠，哀叹无人识才，无人问津，他的心情愈发沉重。回忆起往昔慷慨解囊，散金三十余万，如今金尽人散，落魄长安，仕途无望，他心灰意冷。

不久后，李白收到元丹丘的书信，感其多次援手，情深意重，李白回赠诗作《以诗代书答元丹丘》：

青鸟海上来，今朝发何处？
口衔云锦书，与我忽飞去。
鸟去凌紫烟，书留绮窗前。
开缄方一笑，乃是故人传。
故人深相勖，忆我劳心曲。
离居在咸阳，三见秦草绿。
置书双袂间，引领不暂闲。
长望杳难见，浮云横远山。

诗中的"三见秦草绿"，可见李白来长安已三年。

这期间，长安盛行斗鸡之风，玄宗皇帝尤为喜爱。他未登基前便酷爱民间清明时节的斗鸡游戏，继位后，便在宫中设鸡坊，选长安雄鸡千只，又从军中挑五百小儿专司驯养这些雄鸡。

李白传

皇帝的喜好亦波及民间，王公贵族、公主、侯家纷纷以养斗鸡为趣，视斗鸡为荣，乃至赌博其间，有的甚至为此倾家荡产。

当时，一只优秀的斗鸡能卖到二百万枚铜币。

斗鸡比赛时，雄鸡们列阵而出，羽翼竖立，振翅欲战。有的主人甚至在鸡距上绑短刀，鸡受伤时，驭鸡者喷水以增其斗志。赛终，驭鸡者引群鸡而归，胜者昂首在前，败者垂尾随后，井然有序地返回鸡舍。

当游侠心性的李白初至长安时，自然喜欢结交游侠，与他们共玩斗鸡。然而长安所谓的"游侠"，并非真侠，多是黑道中的恶少，他们或以斗鸡博权贵一笑，或凭军功得宠，或在军中任职，或混迹游侠之中，常倚势凌人，行不义之事。

一次在皇宫附近的长安北门玩斗鸡中，李白不知深浅，误入其中，这些人就合起伙来欺凌李白。心高气傲的李白自然不会俯首低眉，几句言语不合，便动起手来。李白虽自幼习剑，有武功在身，但遭围攻，寡不敌众。危急之际，幸好陆调途经，急告御史领兵前来，才解了李白的北门之厄。

李白在《叙旧游赠江阳宰陆调》中曾有回忆："风流少年时，京洛事游遨。腰间延陵剑，玉带明珠袍。我昔斗鸡徒，连延五陵豪。邀遮相组织，呵吓来煎熬。君开万丛人，鞍马皆辟易。告急清宪台，脱余北门厄。"

这件事对李白的刺激很大，想着自己满腹经纶竟至落魄，受田家施舍，以诗乞食，几近丧命于北门之厄，故而悲愤地创作了《行路难》三首之二：

大道如青天，我独不得出。羞逐长安社中儿，赤鸡白狗赌梨栗。

弹剑作歌奏苦声，曳裾王门不称情。淮阴市井笑韩信，汉朝公卿忌贾生。

君不见昔时燕家重郭隗，拥篲折节无嫌猜。

剧辛、乐毅感恩分，输肝剖胆效英才。

昭王白骨萦蔓草，谁人更扫黄金台！行路难，归去来。[1]

愤懑、伤感的李白，已萌归意。

不过，尽管李白在京城未能如愿从仕，但他的诗作融合了先贤经典、道家秘籍、风骚传统及汉魏六朝的文学精髓，加之他游历名山大川，饱览长安、洛阳及扬州、益州等地的胜景，深刻洞察世态人心，使得他的诗歌达到了新的境界，进入了一

---

[1]《李太白全集（上下）》，（清）王琦注，中华书局，2018年版，第168页。

李白传

个新的创作高峰。

写了这首《行路难》后,李白意犹未尽,心绪难平。恰好一位朋友从长安去蜀,李白写了一首赠别诗《送友人入蜀》时,一下触动了情感,他思如泉涌,激情地创作了《蜀道难》:

噫吁嚱,危乎高哉!蜀道之难,难于上青天。

蚕丛及鱼凫,开国何茫然。

尔来四万八千岁,不与秦塞通人烟。

西当太白有鸟道,可以横绝峨眉巅。

地崩山摧壮士死,然后天梯石栈相钩连。

上有六龙回日之高标,下有冲波逆折之回川。

黄鹤之飞尚不得过,猿猱欲度愁攀援。

青泥何盘盘,百步九折萦岩峦。

扪参历井仰胁息,以手抚膺坐长叹。

问君西游何时还,畏途巉岩不可攀。

但见悲鸟号古木,雄飞雌从绕林间。

又闻子规啼夜月,愁空山。

蜀道之难,难于上青天,使人听此凋朱颜。

连峰去天不盈尺,枯松倒挂倚绝壁。

飞湍瀑流争喧豗,砯崖转石万壑雷。

其险也若此，嗟尔远道之人胡为乎来哉！
剑阁峥嵘而崔嵬，一夫当关，万夫莫开。
所守或匪亲，化为狼与豺。
朝避猛虎，夕避长蛇，磨牙吮血，杀人如麻。
锦城虽云乐，不如早还家。
蜀道之难，难于上青天，侧身西望长咨嗟。[1]

这首诗袭用乐府古题，展开丰富的想象，激情澎湃地再现了蜀道峥嵘、突兀、强悍、崎岖等奇丽惊险和不可凌越的磅礴气势，成为李白的巅峰之作，也是盛唐诗歌最有代表性的杰作，使他获得了巨大的声誉，世代传颂不绝。

清代吴震方曾赞："太白《蜀道难》《远别离》等篇出鬼入冲，惝恍莫测。"

明代陆时雍亦评："《蜀道难》近赋体，魁梧奇谲，知是伟大。"

更有清代贺裳言："《蜀道难》一篇，真与河岳并垂不朽。即起句'噫吁嚱，危乎高哉'七字，如累棋架卵，谁敢并于一处？至其造句之妙：'连峰去天不盈尺，枯松倒挂倚绝壁。飞

---

[1] 《李太白全集（上下）》，（清）王琦注，中华书局，2018年版，第143~147页。

湍瀑流争喧豗，砅崖转石万壑雷。'每读之。剑阁、阴平，如在目前。又如'一夫当关，万夫莫开。所守或匪亲，化为狼与豺'，不唯刘璋、李势恨事如见，即孟知祥一辈亦逆揭其肺肝。此真诗之有关系者，岂特文词之雄！"

　　以及清代沈德潜在《唐诗别裁》所说："笔阵纵横，如虬飞蠖动，起雷霆于指顾之间。任华，卢仝辈仿之，适得其怪耳，太白所以为仙才也。"

第四章　酒隐蹉跎，又十年

1. 长啸一曲《梁甫吟》

开元二十一载（733），春，李白出长安，泛舟黄河东下，至宋州梁园。

梁园，位于河南开封府城东南，又名梁苑，是宋州昔日的胜地，汉梁孝王的游赏之所，名胜古迹星罗棋布。

李白游梁园，感时伤怀，忧思如潮，不禁吟哦着阮籍的《咏怀》。望着黄河洪波，长安却遥不可及，他心中念念不忘的仍旧是有朝一日能西归长安，实现梦想。然则，如何能达成此愿呢？

继而，李白登楼把盏，面对梁园的荒凉颓圮，心绪由沉郁转为豁达。既已功业未竟，家国难归，既然如此令人痛彻心扉，何不醉心于酒，梦游于世，任由浮生若梦，一醉解千愁？

游罢梁园，李白心绪难平，又觉无颜返回安陆，遂转道嵩山。他探访嵩岳，遍览三十六峰，继而应元丹丘之邀，于颍阳山居，住了一段时日。

这期间，他与元丹丘游山玩水，倚松而坐，石上谈笑。

一日，二人同坐于山石之上，面对苍翠松林，李白不禁感慨道："丹丘兄，观此松，昂然挺立，翠绿欲滴，似吟唱千古的传奇。"

元丹丘含笑回道："太白兄，松之千年不老，因其根深蒂固于沃土之中。君之诗篇，亦如是，深植于大地，历久弥新，流传千古。"

李白听罢，大笑曰："丹丘兄，此言令我愧不敢当。然而，我确信我的诗作，能如嵩山之松，历久弥坚，经岁月而不衰。"

二人你来我往，边赏山间美景，边畅谈人生、理想与诗篇。

在颍阳山居的这些日子里，日日夜夜，洋溢着欢声笑语，生活简单而充实。

李白与元丹丘联袂创作出众多诗篇。这些诗篇，不仅记录了他们游历山水的欢乐时光，也表达了他们对人生、对自然的感悟。尤其对李白而言，这是一段难得的宁静与愉悦，既抚慰了心灵，又激发了创作灵感。

然而，当元丹丘邀他共隐嵩山时，李白挥毫写下《题元丹

第四章 酒隐蹉跎,又十年

丘颖阳山居》:

> 仙游渡颍水,访隐同元君。
> 忽遗苍生望,独与洪崖群。
> 卜地初晦迹,兴言且成文。
> 却顾北山断,前瞻南岭分。
> 遥通汝海月,不隔嵩丘云。
> 之子合逸趣,而我钦清芬。
> 举迹倚松石,谈笑迷朝曛。
> 益愿狎青鸟,拂衣栖江濆。

李白以诗婉拒了元丹丘的邀请,因他心中尚存济世的志向,未能忘怀苍生,故不能长隐山林,终日与世隔绝。

之后,告别元丹丘,李白去了洛阳。

他在入长安之前,游历洛阳时已留下诸多诗篇,其中言志的《梁甫吟》是其经典之作,诗中借姜尚、郦生的故事,及诸般神话传说,抒写遭逢挫折的郁愤,及望遇明君的切望,其诗句如下:

长啸《梁甫吟》,何时见阳春。
君不见朝歌屠叟辞棘津,八十西来钓渭滨。

宁羞白发照清水,逢时壮气思经纶。
广张三千六百钓,风期暗与文王亲。
大贤虎变愚不测,当年颇似寻常人。
君不见高阳酒徒起草中,长揖山东隆准公。
入门不拜骋雄辩,两女辍洗来趋风。
东下齐城七十二,指挥楚汉如旋蓬。
狂客落魄尚如此,何况壮士当群雄。
我欲攀龙见明主,雷公砰訇震天鼓。
帝旁投壶多玉女,三时大笑开电光,
倏烁晦冥起风雨。
阊阖九门不可通,以额扣关阍者怒。
白日不照吾精诚,杞国无事忧天倾。
猰貐磨牙竞人肉,驺虞不折生草茎。
手接飞猱搏雕虎,侧足焦原未言苦。
智者可卷愚者豪,世人见我轻鸿毛。
力排南山三壮士,齐相杀之费二桃。
吴楚弄兵无剧孟,亚夫哈尔为徒劳。
《梁甫吟》,声正悲。
张公两龙剑,神物合有时。

第四章 酒隐蹉跎，又十年

风云感会起屠钓，大人岘屼当安之。[1]

众所皆知，三国时期，诸葛亮有《梁父吟》之作。李白亦取乐府古题，继诸葛亮的《梁父吟》之意，巧妙转换，翻陈出新，创作此长篇歌行。

长篇歌行，最忌呆板无奇，而此篇之妙，恰在于其布局奇巧，变幻莫测，手法时时翻新地全篇用典，正面描写吕望、郦食的故事，启人深思。继而再借神话故事，寄寓自己的痛苦遭遇，将几个不相连的典故交织在一起，若沈德潜所言："后半拉杂使事，而不见其迹"。因而诗的意境奇幻多变，错落有致。时而春风拂面，春意盎然；时而波涛汹涌，险象环生；时而言简意赅，直白如话；时而幽深莫测，难以揣摩。加之语言节奏的起伏变化，将诗人的志不得伸、怀才不遇的愤懑，表现得淋漓尽致。

全诗意境奇妙，气势磅礴，跌宕起伏，变幻莫测，悲壮激昂，堪称乐府诗的名篇佳作。

---

[1]《李太白全集》(上下)，(清)王琦注，中华书局，2018年版，第150～154页。

2. 落魄洛阳

是年,冬,李白在洛阳度岁。

洛阳这座古都,居天下之中,因地处洛水之阳而得名,以其历史悠久、文化积淀深厚吸引着无数文人墨客。

然而,对于李白来说,这个冬天却分外寒冷,漫长且凛冽。

这日,他伫立于檐下,凝眸漫天飞雪,满脸忧思。每逢佳节倍思亲,佳节至,思乡之情愈发浓烈。刹那间,家乡的山水,旧日笑颜,以及一些温馨的记忆,春节时家家户户红灯高挂,孩童嬉戏,老人围炉话古,夜幕下的烛火辉煌,一一浮现,肆虐心头。

久居异乡的孤寂与失意,令他体验到了前所未有的伤感。李白不禁转身步入客栈,执笔挥洒,借书写来抒怀、来解忧。一时间,墨香四溢,墨迹轻滴于纸,每一笔每一画,皆承载着他对故乡的深情。

直至夜深人静,李白搁笔沉思,独坐于客舍,闭目凝神,慢慢沉浸于往事中。借由回忆,去重温那些旧日里的温馨与喜悦,不禁泪眼蒙眬。于客居的洛阳城中,他度过一个盈满思念的佳节。

他已在外度岁四载。

第四章 酒隐蹉跎，又十年

深夜，他依旧难以成寐，又闻几缕断断续续的玉笛声，触动他的羁旅情怀，执笔写下《春夜洛阳闻笛》：

谁家玉笛暗飞声，散入春风满洛城。
此夜曲中闻折柳，何人不起故园情。

数日后，元丹丘与元演来客栈探望。推开吱嘎作响的木门，只见李白斜倚窗边，醉眼蒙眬，手中紧握一壶残酒，目光迷离地望向他们。

元丹丘一声轻叹，缓步来到李白身旁，问道："太白兄，何故沉溺于酒海，忘却了归途？"

李白抬头，眼中掠过一丝愧疚与无奈，沙哑地回道："丹丘兄，我心有愧，无颜面对家中妻小。只能在此流连，以酒消愁。"

紧随元丹丘后的元演，大约是元丹丘的从兄弟辈，父亲为朝廷命官，家境富裕，为人慷慨。他眉头微蹙，关切地劝道："太白兄，你才华横溢，岂能因一时失意而自暴自弃。"

李白摇摇头，苦笑一声："演兄，你有所不知。我曾豪情万丈，以诗酒会友，但志不在文墨传世，而是施展抱负，实现济世的宏愿。然而，世事无常，命运多舛，我屡屡失望。如今唯有借酒浇愁，以歌解愁。"语声一顿，他颤抖的声音回响在

李白传

空气中，低低道："黄金白璧买歌笑，一醉累月轻王侯……"（《忆旧游寄谯郡元参军》）

元丹丘见状，心中不忍，轻声劝慰："太白兄，人生不如意十之八九，何不放下这些无谓的执着。"

元演也附和道："是呀，太白兄，你向来豪爽，岂能这般蹉跎。"

李白闻言，缓缓起身，晃了两下，将手中的酒壶放置一旁，深吸一口气，咬咬牙，一字一句地道："丹丘兄，演兄，你们说得对，我不能再失意了。"

原来他虽借酒浇愁，却从不曾潦倒。

三人相视一笑，仿佛所有的失意与忧愁都随着这笑声消散在寒风中。他们一前一后走出客栈，走向繁华的长街。那时，洛阳是唐朝的东都，繁盛堪比长安城。那里豪门权贵云集，只是李白难觅机缘，攀附无门，干谒无功，始终没什么结果。

翌日，送别元丹丘后，李白与元演于洛阳共度了一段快意时光。日日里，两人醉卧酒楼，畅饮高歌，视功名利禄若浮云，为朋友倾尽所有，无所顾惜。生活虽放诞，他们的友谊却真挚无瑕。

只有到了晚上，一个人在客舍中，李白才感怀羁旅，思绪万千。

元演走后，李白依旧滞留在洛阳。

第四章　酒隐蹉跎，又十年

同年秋，实在是穷困不堪，难以度日了，李白才从洛阳来到襄阳，除了写有《岘山怀古》等诗之外，还写给李皓一首《赠从兄襄阳少府皓》：

> 结发未识事，所交尽豪雄。
> 却秦不受赏，击晋宁为功。
> 托身白刃里，杀人红尘中。
> 当朝揖高义，举世称英雄。
> 小节岂足言，退耕春陵东。
> 归来无产业，生事如转蓬。
> 一朝乌裘敝，百镒黄金空。
> 弹剑徒激昂，出门悲路穷。
> 吾兄青云士，然诺闻诸公。
> 所以陈片言，片言贵情通。
> 棣华倘不接，甘与秋草同。

一纸哀求的这首诗，宛若市井乞丐所吟的莲花落。若非处境艰难，孤高自傲的李白岂肯如此低首求援？然而，纵使是莲花落的吟唱，也如此感人肺腑。

他竟落魄到如斯境地，怎能不叫人扼腕叹息，唏嘘不已。

此情此景，是何等悲凉！

得到李皓的援助后,李白离开襄阳,出游江东,直到吟来《久别离》一诗:

别来几春未还家,玉窗五见樱桃花。
况有锦字书,开缄使人嗟。
至此肠断彼心绝。
云鬟绿鬓罢梳结,愁如回飙乱白雪。
去年寄书报阳台,今年寄书重相催。
东风兮东风,为我吹行云使西来。
待来竟不来,落花寂寂委青苔。

此中"玉窗五见樱桃花",道出离家已历五春。因为那时的安陆盛产樱桃,至今犹存樱桃渡的地名。樱桃白花,一年一度,落了又开,开了又落,纷纷萎落在青苔上,不觉间又是一春。

开元二十三载(735)春,李白才终于回到了安陆的家。

他站在熟悉的家门口,极目远眺,春光明媚,万物复苏,迸发着勃勃生机,踊跃在空气中的芬芳扑面而来,不禁深深地吸气。

3. 醉梦仙居

李白回来桃花岩后，构筑石室，开辟山田，准备仙居。他给京城御史台的挚友刘绾写信，倾诉自己向往山林的心意，说他三十年来，一直心慕云卧山林，享受闲适与仙道之乐。虽然蓬莱仙境遥远，但幻想中乘鹤驾鸾的求仙生活，令他身心愉悦。如今重返桃花岩，终于可以安享云窗之乐，沉浸于山林之美。

他对所居的山林，赞不绝口，笔下生花，描绘得如诗如画，美不胜收。《安陆白兆山桃花岩寄刘侍御绾》诗云：

> 云卧三十年，好闲复爱仙。
> 蓬壶虽冥绝，鸾鹤心悠然。
> 归来桃花岩，得憩云窗眠。
> 对岭人共语，饮潭猿相连。
> 时升翠微上，邈若罗浮巅。
> 两岑抱东壑，一嶂横西天。
> 树杂日易隐，崖倾月难圆。
> 芳草换野色，飞萝摇春烟。
> 入远构石室，选幽开上田。
> 独此林下意，杳无区中缘。

李白传

　　永辞霜台客，千载方来旋。

　　隐居桃花岩后，李白于深山中筑石室、沃土上开山田，远离尘嚣。他坦言，林下之景，素来心仪，自此将远离尘世纷扰。

　　所以，他向友人轻声道别，言辞间看似轻描淡写，实则心有千千结，波涛起伏，是遭受挫折后内心极度痛苦的一种自我解脱与安慰，并未能像陶渊明那样种菊东篱下，而是日日沉湎于酒，从早喝到晚，三百六十日，日日醉如泥，甚至一日须倾三百杯，以酒解忧，长醉而歌。

　　李白的好酒、嗜酒，饮酒赋诗，流传千古，堪称古今文人中，诗酒双绝的第一人，被称为"酒仙"，实至名归。

　　在众多的饮酒诗中，七言歌行的《将进酒》撼人心魄，长诵不衰，影响极大，不管饮不饮酒者都耳熟能详，诗云：

　　　君不见黄河之水天上来，奔流到海不复回。
　　　君不见高堂明镜悲白发，朝如青丝暮成雪。
　　　人生得意须尽欢，莫使金樽空对月。
　　　天生我材必有用，千金散尽还复来。
　　　烹羊宰牛且为乐，会须一饮三百杯。
　　　岑夫子，丹丘生，将进酒，君莫停。
　　　与君歌一曲，请君为我倾耳听。

钟鼓馔玉不足贵，但愿长醉不愿醒。
古来圣贤皆寂寞，惟有饮者留其名。
陈王昔时宴平乐，斗酒十千恣欢谑。
主人何为言少钱，径须沽取对君酌。
　　五花马，千金裘，
呼儿将出换美酒，与尔同销万古愁。

霎时间，诗情豪意喷薄翻卷，垂天而来。全诗节奏迅疾错落、铿锵阔达，一泻千里。开篇即以鲍照之"君不见"，突兀而出，宛若惊雷，令人瞩目警醒，肃然起敬；继而排比的句子，如悬天垂落，何其壮观，何其宏阔。

4. 一封自荐书

一日，李白听闻玄宗皇帝下诏，令各地刺史荐举贤才。

这消息让他心中再起波澜，难以平息。他早闻担任襄州刺史兼山南东道采访使的韩朝宗善于识人，士子们纷纷慕名而来，流传着"生不用封万户侯，但愿一识韩荆州"的美谈。襄阳与安陆相隔不远，李白便决定前往襄阳，拜访韩朝宗，希望得到他的赏识，得其引荐。

于是，李白放下酒樽，给韩朝宗写了一封文采斐然的自荐

李白传

书《与韩荆州书》：

　　白闻天下谈士相聚而言曰："生不用封万户侯，但愿一识韩荆州。"何令人之景慕，一至于此耶！岂不以有周公之风，躬吐握之事，使海内豪俊，奔走而归之，一登龙门，则声誉十倍。所以龙蟠凤逸之士，皆欲收名定价于君侯。愿君侯不以富贵而骄之，寒贱而忽之，则三千宾中有毛遂，使白得颖脱而出，即其人焉。

　　白陇西布衣，流落楚、汉。十五好剑术，遍干诸侯。三十成文章，历抵卿相。虽长不满七尺，而心雄万夫。王公大人许与气义。此畴曩心迹，安敢不尽于君侯哉！

　　君侯制作侔神明，德行动天地，笔参造化，学究天人。幸愿开张心颜，不以长揖见拒。必若接之以高宴，纵之以清谈，请日试万言，倚马可待。今天下以君侯为文章之司命，人物之权衡，一经品题，便作佳士。而君侯何惜阶前盈尺之地，不使白扬眉吐气、激昂青云耶？

　　昔王子师为豫州，未下车即辟荀慈明；既下车，又辟孔文举。山涛作冀州，甄拔三十馀人，或为侍中、尚书，先代所美。而君侯亦荐一严协律，入为秘书郎。中间崔宗之、房习祖、黎昕、许莹之徒，或以才名见知，或以清白见赏。白每观其衔恩抚躬，忠义奋发，以此感激，知君侯推赤心于诸贤腹

第四章 酒隐蹉跎,又十年

中,所以不归他人,而愿委身国士。傥急难有用,敢效微躯。

且人非尧、舜,谁能尽善?白谟猷筹画,安能自矜?至于制作,积成卷轴,则欲尘秽视听,恐雕虫小技,不合大人。若赐观刍荛,请给纸墨,兼之书人。然后退扫闲轩,缮写呈上。庶青萍、结绿,长价于薛、卞之门,幸惟下流,大开奖饰,惟君侯图之。[1]

根据金涛声先生所著《李太白诗传》,李白携带这封信,寻求机缘拜谒韩朝宗。

终于,得知韩朝宗于襄阳城山公楼设宴的这天,李白头戴高冠,腰悬长剑,昂首挺胸,步履铿锵,至韩朝宗前,未跪未拜,仅拱手一揖,便将书信呈上。李白这种只揖不拜,"平交王侯"(《冬夜于随州紫阳先生紫霞楼送烟子元演隐仙城山序》)的举止,令四座惊诧。而韩朝宗接信一瞥,顿觉其文辞锋芒毕露,傲气逼人,内心不甚喜欢这类心高气傲的人,仅命李白席间就坐,便不再多言,直至宴罢,拂袖而去。

韩朝宗的冷淡,如冷水泼面,令李白心灰意冷,独坐席上。他终于举杯,将酒一饮而尽,随后在晚风中,独自步下山公楼,身影渐行渐远。

---

1 《李太白全集》(上下),(清)王琦注,第1055~1057页。

他对韩朝宗的期望,如梦幻破灭。

回首这封自荐书,李白为求荐举,对韩荆州的赞颂之词颇为夸张,奉承之语也似过甚。自我推荐时,更是张扬,自视甚高,冲动急切的行为、势在必得的抱负皆纵横于尺素之间。终归是诗人本色,跃然纸上,而其举止又未尽得干谒的礼数与分寸,实非官场中人。

官场中人并非个个都是政治家,但要想在官场中生存,除了要有官人的通达和智慧,更要知进退,善于韬光养晦。他似乎对此一无所知,或不屑一顾,即便是撰写这封求荐信,也是以诗人的眼光,带着诗意的情怀,去观察,去思考,去面对一切。

李白拜谒韩朝宗失意后,便在襄阳城中纵情游荡、狂饮。

襄阳人杰地灵,名胜古迹众多,名人逸事也频传。目之所及,山公楼、堕泪碑等皆入眼帘,触景生情,李白便借山简、羊祜的事迹,抒发自己对人生沉浮的感慨,遂吟成《襄阳歌》:"落日欲没岘山西,倒著接䍦花下迷。襄阳小儿齐拍手,拦街争唱《白铜鞮》。旁人借问笑何事,笑杀山公醉似泥。……君不见晋朝羊公一片石,龟头剥落生莓苔。泪亦不能为之堕,心亦不能为之哀。清风朗月不用一钱买,玉山自倒非人推。舒州杓,力士铛,李白与尔同死生。襄王云雨今安在?江水东流猿夜声。"

接着，他又前往江夏漫游。

在江夏，李白偶遇了宋之悌。

宋之悌，是初唐著名诗人宋之问的弟弟，宋若思之父，因事遭贬，由河东节度使远赴朱鸢，途经江夏。李白十分同情宋之悌的不幸遭遇，遂设宴为其饯行，赠诗《江夏别宋之悌》：

> 楚水清若空，遥将碧海通。
> 人分千里外，兴在一杯中。
> 谷鸟吟晴日，江猿啸晚风。
> 平生不下泪，于此泣无穷。

整首诗大开大阖，跌宕起伏，哀伤至极。面对宋之悌垂暮之年被贬至遥远的交趾，李白的泪水如断线的珠子，泣涕不止，不仅为友人的不幸感到悲痛，字里行间，更是对命运的无奈与挣扎。这份深沉的哀痛，以一种震撼人心的力量，穿透时空，触动读者心弦，令人动容，久久不能忘怀。

之后，他遇到张祖。

张祖，时任监丞，奉命押粮船，途经江夏，遇到仰慕已久的李白，心中不胜欢喜，与李白诗酒相伴，论道赋诗，在江夏共度数日，情意相投。然而，张祖因公务缠身，不得不匆匆起程，继续押粮远行。

临别之时，李白为张祖送行，提笔撰写《暮春于江夏送张祖监丞之东都序》，开篇即以深沉的咏叹，向张祖倾吐仕途的艰辛与心中的苦闷。他自认谈吐、诗文、饮酒、弹琴，皆不逊色于古人，却难展壮志。更坦承自己对求仙访道的热衷，实则是为排解心中的幽愤，寻求心灵解脱的肺腑之言。

当然，自始至终，李白都对自己的才华充满信心，这种信念支撑着他不断超越，愈来愈卓越，终成一代诗仙，名垂青史。

5. 游晋祠

那年五月，李白应邀随元演北上太原。

太原，古称并州、龙城、晋阳，是李唐王朝的发祥地，有着丰富的历史内涵。

那日，阳光明媚，风声阵阵，吹过山冈，带来夏日的凉爽。李白与元演兴致勃勃地穿行于太行山的羊肠小道，历尽艰辛，终于抵达太原。

在太原的游历中，他们仿佛重返昔日的洛阳，那里的琼浆玉液、佳肴美馔，无不令人心醉神迷。

在太原，李白亦受到盛情款待，他端坐于玉案前，佳肴满盘，美酒在杯中摇荡，美妓们轻纱曼舞，如初升的明月，柔和

第四章 酒隐蹉跎,又十年

而迷人。她们舞姿轻盈,歌声随云绕梁。李白沉浸在这欢愉中,心情无比畅快,听元演在旁赞叹道:"太白兄,这美酒佳肴,真是令人心旷神怡!"

李白随即举杯,笑答:"元兄所言甚是,此情此景,实乃人生一大快事。"

随后,他们兴致勃勃地来到了晋祠。

晋祠,是周代的叔虞祠。叔虞最初被封为唐候,后来国号改为晋,晋祠因此得名。祠后的悬瓮山,是晋水的发源地,山泉潺潺,清澈见底。

晋祠不仅是晋中的名胜古迹,更是一处风景如画的旅游胜地。清泉从山间涌出,四周环绕着郁郁葱葱的山林,自然之美尽眼帘。祠内有圣母庙,庙中的正殿庄严肃穆,殿前是一片宽阔的鱼沼,鱼儿在水中自由游弋。鱼沼之上,是一座飞梁,巧妙地连接着两岸。在沼前,有一座献殿,殿前还有金人台。

看着这些建筑,李白不禁赞叹,真是巧夺天工,令人叹为观止。

元演也不禁感慨:"是啊,这些建筑不仅美观,更蕴含着深厚的文化底蕴。"

两人在晋祠中流连忘返,欣赏着这里的自然风光和人文景观,感受着历史的厚重与文化韵味。

李白后来在天宝年间所作《忆旧游寄谯郡元参军》一长诗

中,深情回忆了这次北游太原以及与元演的相识相知。

很快,夏去秋来,李白在太原参与了从兄——太原主簿李舒为送人赴京应举而饯行的酒宴,席间,李白挥毫,作《秋日于太原南栅饯阳曲王赞公贾少公石艾尹少公应举赴上都序》一文,为几位将要进京参加科考的朋友赠诗壮行。

在序文中,李白以太原的钟灵毓秀为引,开篇即云"天王三京,北都居一。其风俗远,盖陶唐氏之人欤?襟四塞之要冲,控五原之都邑。雄藩剧镇,非贤莫居",强调太原的地位仅洛阳、长安可与之相提并论。在夸赞太原因人而显贵之后,李白继而盛赞几位友人的才能:"则阳曲丞王公,神仙之胄也。"也就是说,王县丞王赞公,道骨仙风,仿佛道家中人,超凡脱俗。又道:"又若少府贾公,以述作之雄也。"这位贾县尉贾少公,文采飞扬,撰文雄辩,堪称当地的文坛翘楚。随后吟道:"又若石艾尹少公,廊庙之器。"意即石艾尹少公才华横溢,本应为朝堂的重器,岂能在县治小试牛刀。

当时,三位县丞参与的不是常科春闱,而是特设的制科选拔,其特点包括:依诏令而定时间,科目特设,由皇帝主办,吏部承办,不限考生资格,授官多为要职。年初玄宗皇帝诏书所发布的特招,分为王霸科、学究天人科、智谋将帅科与牧宰科。王县丞参加牧宰科,志在晋升刺史;贾县丞则考王霸科,意在成为谋略之士。诏书规定两种推举人才方式:一是在职官员可推举五品以下官员，五品以上则不在此列；王县丞由太原府主推，显示其受长官青睐。二是民间推举，允许无官职者，如孟浩然受韩朝宗推荐。至于贾县丞，通过民间途径被刺史推荐。尹县丞的情况则未明，或为自荐。

对这三位朋友的前程，李白充满信心，他在诗中道："海激仁乎三千，天飞期于六月。必有以也，岂徒然哉！"表达了期待他们能赢得天子青睐的祝愿，尽管制科的录取率极低。尽管最终无人高中，李白在送别宴上与他们共饮欢乐，分别时真诚地祝福他们："望丹阙而非远，挥玉鞭而且去。"特意赋诗赠别，即使自己未能参与考试，仍为朋友能够去实现理想而感到高兴，毫无嫉妒之心。

送三位友人赴京后，李白独立太原，独立秋风中。他应友人元演之邀同来太原，本也是欲攀桂以求闻达，然而辗转三晋，时历半载，终未得到实现抱负的机会，便有回归之意，写下了怀乡的《太原早秋》：

> 岁落众芳歇，时当大火流。
> 霜威出塞早，云色渡河秋。
> 梦绕边城月，心飞故国楼。
> 思归若汾水，无日不悠悠。

离开太原后，李白北上，游历雁门关，造访五台山，继而南下，重返洛阳，与元丹丘再会后，创作了《闻丹丘子于城北山营石门幽居》一诗，诗云："……仆在雁门关，君为峨眉客。心悬万里外，影滞两乡隔。长剑复归来，相逢洛阳陌……"

同时，又赋洛阳诗数篇，如《洛阳陌》中，以简练的笔触、纯净的语调，记述了一段惊鸿一瞥的邂逅：一位玉人般的美少年，驾着香车，穿越天津桥，至东陌赏花。少年的风姿绰约，引得路人纷纷侧目，竟令全城为之动容。

李白的诗，总是以其超凡脱俗的才华和令人目眩神迷的华美，带给读者强烈的感受，如同目睹一件绝世的艺术品，令人震撼。

6. 邂逅王昌龄

与元丹丘别后，李白方才从洛阳返回安陆。

开元二十五载（737），李白在安陆桃花岩已闲居一年，其《春日醉起言志》《山中与幽人对酌》《长歌行》等，皆作于此。

斯时，许夫人为李白添一子，即伯禽。

翌年，李白年届三十八岁，面对近四十而功业无成的忧虑，遂再启游历之旅，广事干谒，足迹远及河南、江淮、吴越等地，历时约两年。

第四章 酒隐蹉跎，又十年

至南阳时，李白去探访后汉隐士高凤旧隐的石门山。山中云雾缭绕，古木参天，李白行于其间，邂逅邺中王大，彼此问候几句，便于松下石上对坐，论起天地之道。

王大见李白，风姿绰约，貌似仙游，便劝其共隐此山。李白闻言，微微一笑，遂以《邺中赠王大劝入高凤石门山幽居》一诗，婉拒王大之请。

王大知道李白志在四方，如山之高，如海之深，非隐逸所能拘，非一山一水所能限，立即起身，拱手相送。李白拂衣而去。

接着，李白又从南阳抵嵩山，拜访了他的老朋友元丹丘，并在那里逗留了数日。在此期间，他创作了《颍阳别元丹丘之淮阳》一诗，言明了前往淮阳郡陈州的行程。

漂泊陈州期间，李白的生活颇为艰难。从《颍阳别元丹丘之淮阳》中的"松柏虽寒苦，羞逐桃李春"，也可以感受到李白此行囊中羞涩，无奈又辛酸。

在《送侯十一》中，李白也通过"余亦不火食，游梁同在陈"这一句，借用了《庄子》中孔子绝粮的故事，描绘了自己与孔子在陈时相似的困苦生活，甚至到了食不果腹的地步。

同年，李白漫游至楚州。

年末，抵安宜县。

在安宜县，李白受到徐县令的盛情款待，住进了一处风景如画的居所。青槐树轻拂着门窗，白水环绕着园池，宁静雅致，令人心神舒畅。李白在感激之余，写下《赠徐安宜》一诗，颂扬徐县令的政绩清廉，声名远扬。诗中描绘了安宜县民风淳朴，郊外处处可见辛勤耕作的人们；河流清澈，田野肥沃，桑树在阳光下茂盛生长：父老乡亲们和来宾们都面带笑容，整个地区呈现出一派和谐安宁、繁荣昌盛的景象。

于安宜县，李白度过岁末。

李白继续漫游，至吴地，与从雍州京兆被贬至婺州东阳的韦参军相遇，创作了《见京兆韦参军量移东阳二首》，并留下《越中秋怀》与《禅房怀友人岑伦》的诗文赠答。

秋日，李白泛舟逆流而上，途经当涂，作《夜泊牛渚怀古》以记。

随之，即扬帆而去。

途中，李白怀想旧友，遂作《月夜江行寄崔员外宗之》。

至巴陵，李白与王昌龄的邂逅，如同秋日里一场不期而遇的风，吹散了他一路的疲惫。

王昌龄于二十七年（739）因事被贬谪岭南，次年，由岭南北返长安，并在冬天被任命为江宁（今江苏南京）县丞。在江宁数年，又受谤毁，被贬为龙标（今湖南黔阳）县尉。安史之乱起，王昌龄由贬所赴江宁，不幸被濠州刺史闾丘晓所杀。

当李白的舟船缓缓靠岸，望着码头上令人瞩目的王昌龄，

第四章　酒隐蹉跎，又十年

不由一怔。继而，两人的目光相遇，便如久别重逢般，无须多言，彼此已然微笑着，心领神会。

李白踏上岸，王昌龄迎上前，两人紧紧相拥。李白轻声道："昌龄兄，岭南之路，可曾艰险？"

王昌龄苦笑一声，回道："世事无常，岭南之行，虽非吾所愿，却也让我饱览了异域的景致。"

两人边说，边并肩而行，步入一家临江的酒肆。李白举杯，动情地说："昌龄兄，今日相逢，当尽情畅饮，不醉不归。"王昌龄点头，两人便开始畅饮，谈笑风生。

酒过三巡，王昌龄忽然起身，走到窗边，望着江水悠悠，吟道《巴陵送李十二》：

摇曳巴陵洲渚分，清江传语便风闻。
山长不见秋城色，日暮蒹葭空水云。

李白听罢，也走到窗边，轻声和了一阕，话音未落，王昌龄已惊动不已，双目乍亮地盯着李白，赞叹道："你的诗才，每每令我钦佩。我虽有这首诗以记今日之事，却知你的酬和之作，更能流传千古。"

李白眼中闪过光芒，笑道："昌龄兄，你我今日之诗，虽未着墨，然此情此景，已足以铭心。"

李白传

两人相视而笑，再次举杯，共赏着窗外的落日，霞光洒在江面上，波光绚丽，仿佛也在为这场意外的邂逅喝彩。

而李白的酬和之作，虽然未传世，但是这份情，这份意，这份才，早已随着江水，流淌在源远流长的历史长河中，成为永恒的传奇。

7. 移家东鲁

开元二十八载（740），春，李白重归安陆。

金涛声先生在其著作《李太白诗传》中提到，五月之际，不久后，李白便决定携家眷迁往东鲁。因为其妻许氏已逝，安陆的人际纷扰令李白失望，急欲寻觅一方新天地，便带着女儿平阳与儿子明月奴（伯禽的乳名），前往东鲁投靠亲友，寻求新的机遇。

东鲁，初唐时期由鲁郡改置的兖州，辖十一县，治所设于瑕丘。

李白携儿带女抵东鲁时，正值梅子成熟，桑叶采尽，家家户户忙于织布，织机声传遍邻里。

是日，李白于瑕丘鲁东门外的沙丘旁，整理好新居，于窗前与邻里致意。东窗外，只见邻家少女亭亭玉立于石榴树旁，明艳照人的姿容，令李白心动不已。少女之美，不仅映入眼帘,更触动李白的心弦,他伸颈翘望,沉醉于这美丽的一刻。

随着微风轻拂,少女的清香随风飘来,李白沉醉其中,恍然忘时。直至日暮时分,归鸟还巢,他羡慕归鸟能靠近少女身边,遐想自己能化作石榴枝,轻轻拂过少女的衣裙。然而,作为新来的邻居,他与她并不熟悉,无法去接近她,只能远远观望,心存渴望。

回到屋内,李白提笔蘸墨,将这份倾慕之情化作强烈又惆怅的诗句,写下了《咏邻女东窗海石榴》:

鲁女东窗下,海榴世所稀。
珊瑚映绿水,未足比光辉。
清香随风发,落日好鸟归。
愿为东南枝,低举拂罗衣。
无由共攀折,引领望金扉。

定居之后,李白常在城郊漫步,沉醉于四野的自然风光与淳朴民风。

一日,他沿着汶水河畔闲步,偶遇一位气宇轩昂的老者。这位汶上翁,衣着考究,举止从容。李白便向他询问前往剑术大师裴旻的居所。

裴旻,原籍东鲁兖州,后迁至任城,曾镇守北平郡(今河

李白传

北卢龙），参与多次对外战事。据《新唐书》记载，裴旻曾官至左金吾卫大将军。唐文宗时期，李白的诗、张旭的草书、裴旻的剑术，被誉为"唐代三绝"。

此前，李白已致信裴旻，表达了拜师学艺的渴望，这次来到东鲁，正是为了实现这一心愿。因为，回顾多年奔走，岁月蹉跎，仕途未有所成，面对朝廷对边功的重视和游侠的纵容，他决定放下书本，学习剑术，另谋一条出路。

然而，当他向这位老者询问裴旻时，却遭到了对方的轻蔑与嘲笑，阴阳怪气地说："学武？哼，莽夫之举。"

但李白并未动摇向剑术大师学习剑艺的决心，他在《五月东鲁行答汶上翁》中写下"顾余不及仕，学剑来山东。举鞭访前途，获笑汶上翁"，对汶上翁的讥笑给予了尖锐的对比和明快的答复，写完后，李白还觉不解气，又写了《嘲鲁儒》一诗：

鲁叟谈五经，白发死章句。
问以经济策，茫如坠烟雾。
足著远游履，首戴方山巾。
缓步从直道，未行先起尘。
秦家丞相府，不重褒衣人。
君非叔孙通，与我本殊伦。
时事且未达，归耕汶水滨。

第四章　酒隐蹉跎，又十年

　　这些诗句辛辣地讽刺腐儒们行动迂腐、装腔作势，只会死读经书，却对治国策略一窍不通。而《嘲鲁儒》中的"鲁儒"一词，源于此地临近孔子故乡曲阜，是儒生云集之地，李白所见的众多儒生，多是空谈理想而不知实践的学者，因此他以诗作讽之。

　　至于他的学剑习武，在其流传的诗文中鲜有记载。直到晚年，他回顾自己的一生，感慨地总结："试涉霸王略，将期轩冕荣。时命乃大谬，弃之海上行。学剑翻自哂，为文竟何成？剑非万人敌，文窃四海声。"（《经乱离后天恩流夜郎忆旧游书怀赠江夏韦太守良宰》）也就是说，他曾经试图通过学习王霸之道来获得官位与荣耀，但命运弄人，最终不得不放弃这一追求，隐居海滨，静待时机。并且反思，他剑术虽精，却未能成为战场上的万人敌，难以大成。而他的诗文，虽然起初并未预料到，却意外地声名远播，享誉四海，为他带来了人生的转机。

　　之后，李白又继续创作了《古风》其十：

　　　　齐有倜傥生，鲁连特高妙。
　　　　明月出海底，一朝开光曜。
　　　　却秦振英声，后世仰末照。
　　　　意轻千金赠，顾向平原笑。

李白传

> 吾亦澹荡人，拂衣可同调。

以及《别鲁颂》：

> 谁道泰山高？下却鲁连节。
> 谁云秦军众？摧却鲁连舌。
> 独立天地间，清风洒兰雪。
> 夫子还倜傥，攻文继前烈。
> 错落石上松，无为秋霜折。
> 赠言镂宝刀，千岁庶不灭。

热情歌颂鲁仲连的高风亮节，在《史记·鲁仲连邹阳列传》中记载，鲁仲连，战国时齐国的策士，以高洁品行和智慧著称。在秦军围攻赵国邯郸时，他出面游说，成功说服赵魏联军，使秦军撤退。面对平原君的封赏，鲁仲连谢绝并离去。在齐将乐毅攻聊城时，他以书信说服燕将自尽，轻松解围，同样未取任何报酬，隐退海上。

李白十分敬仰鲁仲连的重义尚节、不谋私利的高尚品质。他不仅鼓励鲁仲连的后代鲁颂继承和发扬祖先的美德，使之代代相传，更将此作为自己人生理想的寄托。

一日，李白在兖州城东的月夜中，独自泛舟游玩，欣赏着

第四章 酒隐蹉跎，又十年

落日余晖与天影在水面上的倒映，仿佛进入仙境。月光下，他驾轻舟随溪流前行，心情愉悦。当舟至鲁门，两岸桃花盛开，景色如画，令他感叹夜游之美，遂吟诗《东鲁门泛舟二首》，诗云：

日落沙明天倒开，波摇石动水萦回。
轻舟泛月寻溪转，疑是山阴雪后来。
水作青龙盘石堤，桃花夹岸鲁门西。
若教月下乘舟去，何啻风流到剡溪。

这天，暑气渐消，凉风习习，李白漫步郊外，目睹农夫们辛勤收割蒲草。他走近水边，与农人交谈，了解到蒲草的多种用途，心生感慨，吟哦出这首新鲜的农事诗篇《鲁东门观刈蒲》：

鲁国寒事早，初霜刈渚蒲。
挥镰若转月，拂水生连珠。
此草最可珍，何必贵龙须，
织作玉床席，欣承清夜娱。
罗衣能再拂，不畏素尘芜。

李白传

　　后来的日子里，李白继续在齐鲁的大地上寻求汲引，写了不少干谒地方官吏的篇章，既颂扬他们，也展示了自己的才华。这些作品，一篇篇、一首首，宛如墨上花开，绽放在文坛的锦绣画卷上，是诗人对理想与抱负的不懈追求。

第五章　奉诏入京，一年半

1. 竹溪六逸

　　窗外木叶凋零，秋意渐浓，李白不由感慨时光飞逝，心绪难平。

　　是呀，光阴催促，不待人。

　　越想，他越焦虑，决心赴金乡去拜访范县令。他立刻伏案提笔，蘸墨沉思片刻，挥毫泼墨，写下了《赠范金乡二首》其一：

　　　　　　　　君子柱清盼，不知东走迷。
　　　　　　　　离家未几月，络纬鸣中闺。
　　　　　　　　桃李君不言，攀花愿成蹊。
　　　　　　　　那能吐芳信，惠好相招携。
　　　　　　　　我有结绿珍，久藏浊水泥。

李白传

> 时人弃此物，乃与燕珉齐。
> 抚拭欲赠之，申眉路无梯。
> 辽东惭白豕，楚客羞山鸡。
> 徒有献芹心，终流泣玉啼。
> 只应自索漠，留舌示山妻。

携着这首诗，李白穿越秋风，抵达金乡后稍作休息，便前往县衙的客堂拜见范县令，恭敬地将手中的诗卷呈上。

范县令接过李白的诗卷，缓缓展开品读。诗中，李白自比怀玉，感伤才华未被世人所识，如同燕山顽石一般。他渴望将自己的才智献给贤君，却恨无荐引之机，担心自己的命运会像楚客山鸡、辽东白豕一样，遭人嗤之。继而，又自比卞和泣玉，虽然感到悲哀，但仍抱有希望，愿以张仪之舌来慰藉自己的心灵。

然而，范县令阅毕后却无动于衷，这让李白心中一紧，眼神黯然。但很快，他便振作起来，立即笔走龙蛇，不多时，《赠范金乡二首》其二便跃然纸上。这首诗赞颂了范县令的清雅高洁，以无为治县，心如明镜，政绩显著，使县内政通人和，民风淳朴，宾客至如归家。

李白自述，自踏入贵县之地，便被县令的政绩深深触动，情不自禁地献上了一曲颂歌。

第五章 奉诏入京,一年半

他如此热切地恳求于县令,然而一天天过去了,期待的回音却如石沉大海。他心中的希望之火慢慢熄灭,再次跌入失落的深渊,徘徊在漫漫长夜中,无奈而哀伤。

如此历经坎坷,饱尝世间冷暖,李白的心境愈发显得凄凉而凛冽。在《送鲁郡刘长史迁弘农长史》一诗中,他以自己的经历,抒发了对世事的无奈和对理想的执着追求,感慨万千地写道:

鲁国一杯水,难容横海鳞。
仲尼且不敬,况乃寻常人。
白玉换斗粟,黄金买尺薪。
闭门木叶下,始觉秋非春。
闻君向西迁,地即鼎湖邻。
宝镜匣苍藓,丹经埋素尘。
轩后上天时,攀龙遗小臣。
及此留惠爱,庶几风化淳。
鲁缟如白烟,五缣不成束。
临行赠贫交,一尺重山岳。
相国齐晏子,赠行不及言。
托阴当树李,忘忧当树萱。
他日见张禄,绨袍怀旧恩。

诗中言，鲁国的水浅，难容横海的大鱼，孔子尚且不被尊崇，何况普通人呢？他艰辛地客居，闭门不出，独自面对秋天的落叶。唯有在酒的慰藉下，才能暂时摆脱煎熬，尽情驰骋。在诗中，他才能直抒胸臆，鲜活昂扬地跃然于纸上，不屈不挠地追求着心中的梦想。

好在，齐鲁之地的一些下层人士和平民百姓热情好客，带给李白不少的人情温暖。在《酬中都小吏携斗酒双鱼于逆旅见赠》中，他生动地记录了一次令人感动的相遇：一个名叫逢七朗的小吏，因仰慕李白的诗名，提了一斗酒、两条鱼来看望他。李白随即叫店家收拾煎烹，两人便一同畅饮，尽情享受。餐后，李白为感谢小吏的盛情，回赠了两首诗，随后便骑马离去。

李白爱美酒，更重友情，如在《客中作》中写道：

> 兰陵美酒郁金香，玉碗盛来琥珀光。
> 但使主人能醉客，不知何处是他乡。

面对兰陵美酒的馥郁芬芳，那玉碗中盛放的酒液，闪烁着琥珀般的光泽，激荡起李白的情感波澜，再加上主人的盛情款待，让他忘却了客居的烦恼，仿佛回到家乡一样，感受到了家的温暖。

第五章　奉诏入京，一年半

开元二十八载（740），冬天，李白结识了韩准、裴政、孔巢父。

这三位是隐居于徂徕山（在兖州北部乾封县）的待仕名士，应召出山拜见鲁郡太守，因为态度傲慢不逊，未能获得太守欢心，只得无功而返。

其间，他们特意来探访李白，邀他一起去隐居。

李白在鲁东门为他们设宴饯行，并作《送韩准裴政孔巢父还山》一诗相赠，诗云：

> 猎客张兔罝，不能挂龙虎。
> 所以青云人，高歌在岩户。
> 韩生信英彦，裴子含清真。
> 孔侯复秀出，俱与云霞亲。
> 峻节凌远松，同衾卧盘石。
> 斧冰漱寒泉，三子同二屐。
> 时时或乘兴，往往云无心。
> 出山揖牧伯，长啸轻衣簪。
> 昨宵梦里还，云弄竹溪月。
> 今晨鲁东门，帐饮与君别。
> 雪崖滑去马，萝径迷归人。
> 相思若烟草，历乱无冬春。

诗末，李白倾吐离愁，言别后相思如烟草般缠绵。

也是这几位隐居的友人，触动了诗人内心深处的隐情，他凝神苦思，若能与他们共隐，或许更能吸引世人的瞩目。

何况徂徕山是齐鲁的道教圣地，对素有道缘的李白，颇具吸引力。

次年春，李白决然赴徂徕山。

在这座山峦起伏的徂徕山脚下，一条清澈的溪流蜿蜒流淌，宛如一条柔软的绸带。溪畔，有一块奇石，纹理细腻，似竹叶轻摇。登上这块石头，眼前豁然开朗，"竹溪佳境"四字映入眼帘，让人心旷神怡，仿佛一切尘世的纷扰都随风而去。

李白沿着溪边小径，缓步而行。水声潺潺，花木茂盛。

之后，李白与这几个好友一起隐居，饮酒高歌，自在逍遥，蓄势待发。

后来，世人将李白、孔巢父、韩准、裴政、张叔明、陶沔六位同隐竹溪的高士合称为"竹溪六逸"。

"六逸"同隐的竹溪之地，位于徂徕山西南麓，溪水清澈，竹影婆娑。他们日日饮酒赋诗，享受着隐逸的闲适与诗意，尽情挥洒着彼此的才华与志趣。

果不其然，这段隐居的生活，很快就牵动了众多关注的目光。

至此，李白对未来再度充满憧憬与希望，生机勃发。

2. 御道上泰山

隐居于竹溪的李白，并未远离尘世，仍时常外出，追寻仙踪，探求道法。

一日，他应裴仲堪之邀，扬帆出海，抵达滨海的莱州，登临劳山（今称崂山），一心想探访海上仙山。在后来所作的《寄王屋山人孟大融》诗中，李白追忆了这段经历，写道："我昔东海上，劳山餐紫霞。亲见安期公，食枣大如瓜……"

接着，李白来到向往已久的登州蓬莱。曾经，汉武帝在此眺望蓬莱仙山，秦始皇亦曾筑石桥于此，欲渡海观日出。李白如今也下海遨游，心怀寻仙之志，他在《怀仙歌》中曾记叙了此行的自在遨游经历。

开元二十九载（741），唐玄宗治下的大唐帝国达到鼎盛。玄宗自觉功业显赫，是时候享受成果了，在翌年的正月，宣布改元，开启了天宝元年，标志着开元盛世的终结。

改元时，唐玄宗大赦天下，诏令各地县府推荐那些曾有过失但精通儒学、文辞出众或具备军事谋略和武艺的人，以期吸纳人才，充实朝廷。

此时的李白，已声名远播，文坛瞩目，堪比金榜题名，正是他展翅高飞、一鸣惊人的良机。

到天宝元载（742）四月的一天，李白攀登泰山。

李白传

泰山，春秋时称"岱山"，后改名"泰山"，尊为五岳之首。它位于华北平原东侧，东临大海，西依黄河，南有汶、泗、淮三水环绕。泰山四季分明，春意盎然于山顶，冬季则雾凇如玉，美不胜收。作为中华文明的象征，泰山见证了华夏五千年的沧桑，蕴含着丰富的文化与深邃的哲学思想，被誉为神山，民间流传着"泰山安，四海皆安"的说法。历代帝王在此封禅，文人墨客亦纷纷来此抒发豪情，杜甫的"会当凌绝顶，一览众山小"尤为著名。

是日，李白从王母池开始登山。

山峰层叠如屏风般展开。李白沿着帝王封禅的御道前行，道路蜿蜒十余里，穿越峰谷。他想象唐玄宗封禅的盛景。据《旧唐书》记载，开元十三年（726）玄宗十月从洛阳出发，十一月抵达泰山。己丑日，玄宗至南天门，仪仗队沿山下百余里，场面浩大。庚寅日，玄宗祭祀昊天上帝，官员祭祀五帝百神。封禅后，玉册藏石匣，紫燎烟起，群臣山呼万岁，声震山岳。

李白此次登临泰山，走的正是唐玄宗东巡封禅泰山的御道，四周山壑、涧谷、碧峰似乎还在追随着帝辇。至中天门，陡峭石阶取代了蜿蜒小径。沿阶攀登，两侧悬崖峭壁高耸，泉水与松声共鸣。北望，山峦险峻，悬崖欲坠，令人敬畏。

接着，李白又转向云雾缭绕的涧谷，只见大小不一的岩洞

第五章 奉诏入京，一年半

嵌于崖壁中，仿佛是大自然精心布置的石门。山谷回荡着急流与松涛，如同地底涌出的云雷，延绵不绝，神秘而震撼。

他继续攀登，终于抵达泰山之巅。放眼望去，四野景色尽收眼底。千峰万壑，从高处望去，竟变得如斯渺小。霎时间，心胸豁然开朗，他的身心仿佛融入了这广阔的天地间。随即，他张开双臂，发出一声长啸，啸声激荡山谷，云雾随之散去，清风徐徐拂面。

这声长啸，不仅是对泰山的颂赞，也是心灵自由的宣泄。

这番登山，也不单是身体力行的攀爬，更是精神与灵魂的飞跃。

当李白站在南天门，远眺那如幻境般的蓬瀛，心驰神往于海上仙山的壮丽。在他的幻想中，仙人宫阙在波涛中摇曳，长鲸在江海中翻腾，激起层层巨浪。这一切，唤起了他心中澎湃的激情，让他渴望立刻振翅高飞，直抵蓬莱仙境。

忽然，有仙女翩跹而至，赠他流霞玉杯。李白深感荣幸，恭敬一拜，然心中明白，尘世羁绊尚存，难以随仙而去。他心中涌动着对超脱的渴望与对尘世的眷恋。

然而，正当他沉浸在这思绪之中时，一位仙风道骨的仙人飘然而至，将一卷仙书递于他，随即隐入云霞中，无迹可寻。

李白展开那卷仙书，只见文字古老难辨，如鸟迹般费解。

他期盼仙人能归来为他解惑，然而四周只有他自己的叹息声回荡。

尽管求仙之路充满艰辛，泰山的美景却令李白心旷神怡。当他登上日观峰，远望黄河的壮阔，就在这时，一位云鬟高挽的小仙童出现了，含笑吟道："笑我晚学仙，蹉跎凋朱颜。"立时让李白想起自己辞别亲人，仗剑天涯，转眼已是二十多年过去了。岁月蹉跎，青春不再，而仕途亦未如预期般顺畅。

李白怔了怔，回神时，仙童已消失无踪，但其笑容却深深触动了他，激发了他修仙的意志，他仿佛看到自己骑着白鹿，飞越天门。

沉浸在这幻境中，不知不觉度过了许多时光。当他再次回首山顶，只见白雪皑皑，还有山花烂漫，美得令人心醉。就在这一瞬间，他几乎已经决定，就在这里修炼，期待与仙人相遇，求得长生不老药，骑鹤飞向蓬瀛，追求自由与永恒。

直至夜幕降临，李白仍徘徊在洒满月光的山巅。他仰望着那轮皎洁的明月，心灵仿佛被仙光照亮，融入仙界，忘却归途。

任时光流逝，李白痴痴地凝望夜空，匏瓜星闪烁着光芒，银河璀璨如带，似乎伸手可及，就能触碰到织女的织机。他情不自禁地伸手摘星，却意外地仿佛摘下了那颗耀眼的织女星。

随着天色破晓，仙境的幻象渐渐消散。

第五章 奉诏入京，一年半

泰山之上，五彩祥云在晨光中悠然飘荡，如梦初醒。

李白的仙境之旅在晨光中戛然而止，那些关于仙引、问仙、学仙、慕仙的遐想，随着第一缕阳光的到来，如晨雾般被轻轻驱散。

但泰山的美景和那份精神的愉悦，却永远留在了他心中。

他已然意识到，没有权贵的引荐，单凭一己之力，仕途之路难以企及。求仙之路同样虚无缥缈，因为真正的仙人并不存在。然而，泰山的人间"仙境"却是触手可及，在这里，他可以让自己的情怀自由飞翔，尽情享受精神的愉悦。

至此，巍峨壮丽的泰山，见证了李白心灵的蜕变。

李白也揽泰山万象于方寸，驰思结韵于毫端，以写意山水的高超功力，写下气骨高峻、妙不可言的近游仙组诗《游泰山六首》，获得了心灵的自由与内心的欢愉。

真正的自由和快乐，并非来自外在的权力或神仙的指引，而是源自内心的平和与自我超越。

从这一刻起，他已然成长为一位成熟而伟大的诗人，以其诗文扬名天下，以其诗名响彻云霄，引起京城的轰动。

3. 仰天大笑出门去

天宝元载（742）八月，李白自泰山归来。

这天，在沙丘的陋室内，李白正沉浸在墨香与宣纸的宁静中，笔尖在纸上舞动，挥洒自如。忽然，门外传来急促的马蹄声，打破了这份宁静。李白放下笔，眉头微蹙，暗自思忖来者是何人。他慢步起出，只见一位风尘仆仆的使者，手持一卷黄绫，神态庄重地向他走来，见到李白，立即行礼，恭敬地递上诏书。

李白接过诏书，心中一震，只见上面赫然写着宣他入京的旨意。

他几乎不敢置信，惊得再三凝眸，直至身心震颤，激动得难以自持。

欣喜若狂之下，他急奔回屋，呼儿唤女，烹鸡酌酒。

儿女们闻此喜讯，顿时欢呼雀跃，拉扯着父亲的衣角，热烈地喊着，笑着，仿佛整个秋天的金黄都化作了他们头上的荣耀，苦尽甘来，喜气洋洋。

这一刻，李白的脸上洋溢着笑，眼里闪着光，嘴角挂着得意，在痛饮之余，不仅放声高歌，还起身舞剑。然后重新提笔蘸墨，墨汁在宣纸上迅速荡开，写下了《南陵别儿童入京》：

> 白酒新熟山中归，黄鸡啄黍秋正肥。
> 呼童烹鸡酌白酒，儿女嬉笑牵人衣。
> 高歌取醉欲自慰，起舞落日争光辉。
> 游说万乘苦不早，著鞭跨马涉远道。
> 会稽愚妇轻买臣，余亦辞家西入秦。
> 仰天大笑出门去，我辈岂是蓬蒿人。

尤其是挥毫泼墨至"仰天大笑出门去，我辈岂是蓬蒿人"时，笔锋已转，豪情满怀，仿佛已预见自己在京都的不凡未来。他掷笔如剑，朗声大笑。笑声回荡在屋子里，穿透岁月的尘埃，昭示着一个诗人的辉煌时代即将到来。

就是这么轻狂、这么自信，至于诗中"会稽愚妇"之句，隐约透露出李白与家中伴侣的不和，或因家境贫寒，曾遭受离弃之苦，而此次奉诏入京，对他而言，无疑是一种解脱与证明，可以扬眉吐气了。

当李白终于走出屋，挥别儿女，跨马扬鞭，豪迈地踏上入京的征途时，他那几十年来的坎坷煎熬与苦苦追寻，以及世态炎凉和困顿失意的痛苦，都汇聚成一股强大的力量，推动他勇往直前。

他曾以为，从此后，可以不再是埋没于蓬草蒿莱间的无名小卒了，足以迈向辅佐君王的光明前程。

是呀！此去京城，非但荣耀加身，更是他多年抱负的实现。

他的诗篇，如同他波澜壮阔的人生，蕴藏着无限潜力。他深信，自己多年的努力与坚持，终将开花结果，迎来一个全新的人生，就像凤凰涅槃，浴火重生。

到了长安，在等待君王召见期间，李白在紫极宫的静谧中，聆听着悠扬的钟声，目睹着香烟缭绕。忽然，一位白发苍苍、气质非凡的老者映入眼帘，那竟然是德高望重的贺知章。

贺知章，字季真，晚年自号四明狂客，唐代著名诗人、书法家，越州永兴人。他性情开朗，谈吐风趣，诗文广为流传。证圣元年（695），贺知章荣登乙未科状元，历任国子博士、太常博士。参与编纂了《六典》和《文纂》两部重要著作，后晋升太常少卿、礼部侍郎等职。以旷达爱酒著称，晚年尤甚。天宝年间初，贺知章选择归隐，获赐镜湖，并由皇帝亲自作诗送别，之后隐居于千秋观后去世，享年八十六岁，追赠礼部尚书。

这一刻，贺知章眼神深邃，面带笑容，从容地注视着李白，眼中闪过丝惊喜，随即迈步向前，以一位长者的慈祥和赞赏，打量着面前的人。

李白见状，立刻恭敬地行礼。继而，四目相视，贺知章微微颔首。

第五章 奉诏入京,一年半

之后,两人站在紫极宫的古树下,相对而立。阳光透过树叶的缝隙洒在他们身上。贺知章温和地说:"太白,我早有耳闻,你诗名远扬,今日一见,果然名不虚传。你的《蜀道难》,笔力遒劲,意境深远,真乃绝世之作。"

李白闻言,微微一笑,谦虚地回道:"贺公过誉了,晚辈是随性而作,不敢当此盛赞。"

贺知章轻轻摆了摆手,欣赏地看着李白说:"太白,你的才华无须谦虚。你诗中所蕴含的豪迈情怀、壮志凌云,正合我大唐盛世气象。依我看,你定能在文坛大放异彩,引领风骚。"

一番话听得李白心中涌起一股暖流,感激地说:"贺公谬赞,晚辈愧不敢当。但蒙贺公厚爱,我定当勉力,不负所望。"

贺知章含笑点头,提起他读李白的《蜀道难》时,直惊艳其独特的文笔,认为诗中蕴含着超凡脱俗的仙气,不禁脱口而出,称李白为"谪仙人",仿佛李白是天界下凡的神仙。

面对贺知章的赞誉,李白受宠若惊,一时竟无言以对。

接着,贺知章解下腰间金龟,作为换酒之资,邀李白同赴酒楼畅饮。

在酒楼,两人举杯对饮,言笑晏晏。

贺知章笑呵呵地看着李白,眼中尽是对李白才华的钦慕,令李白心潮澎湃。

这番邂逅,在李白心间镌刻下难忘的记忆,成为他人生中绚丽的华章之一。后来，他在《对酒忆贺监二首并序》中追忆此情此景，倍加思念，不觉对酒伤怀，内心大恸。

很快，两位诗人的相会，便成了长安城中的佳话，使李白名声大振。

4. 供奉翰林

翌日，贺知章在朝会上向玄宗奏报李白已至长安。

玄宗闻之，迅速在金銮殿接见李白。

据李白的族叔李阳冰在《李翰林草堂集序》中记载，玄宗见到李白时，亲自下辇步行迎接，仿佛见到了一位尊贵的客人。他在七宝床上设宴款待李白，并亲手为他调羹，金口玉言道："卿本布衣，名为朕知，非素蓄道义，何以及此？"

这场隆重的接见结束后，玄宗即刻颁旨，令李白入翰林院供职。

翰林院供职并非单一之职，而是汇聚了各类才艺之士，无论是诗才横溢、文章出众，还是棋艺精湛、卜算高明，抑或书法超群、佛学有成、修仙有术，凡有一技之长者，皆有机会被召入翰林，成为"待诏之士"，随时听候皇帝传唤，人皆称之"翰林待诏"。

在这些待诏之中，唐玄宗尤重文辞，视诗书之士为国之瑰宝，不欲与棋卜之流同列，乃设"翰林供奉"之职，以示区别。

供奉者，虽与待诏同在翰林院办公，但在名分上已有所区分，供奉的地位自然高于待诏。

开元二十六年（738），玄宗又设立了学士院，虽然与翰林院名义上分开，实际上分而不离，甚至共处一院。而学士就是部分翰林供奉的别称，意在区别待诏。

就是说，翰林待诏、翰林供奉、学士，三者层级分明。翰林待诏属于基础层级，人数众多，技艺多样，服务广泛，但大多与政治无关；翰林供奉是较高层级，人数较少，主要职能是与集贤院学士共同负责诏书的撰写，已带有政治色彩；学士者是最高层级，人数更少，专掌内命、制诏之权，政治地位高高在上。

李白自称翰林供奉，有时也自称为翰林内供奉学士。这两个称谓在某些情况下可以互换使用。然而，无论是翰林学士还是翰林供奉，其地位都远高于翰林待诏。

是以，李白在翰林院的正式身份是翰林供奉，虽然有时也被泛称为翰林学士，然非真正的学士院中人。

不过，自此后，李白已承翰林的荣耀，被世人称为"李翰林"。

是年，李白刚好四十二岁，正是建功立业的黄金年华。对

李白传

这份盛况空前的荣耀与恩宠,他心怀感激,满怀信心。在《赠从弟南平太守之遥二首(其一)》中,李白以诗寄情,追忆了初登龙门、备受宠遇的荣耀,自比司马相如,受天子之邀,入朝为官,享受了至高无上的尊荣。

真是时来运转,仿佛可以乘风破浪,直上青云。

他自感前途无量,如同鹏鸟展翅高飞,眼前一片光明。

在翰林院中,他秉笔直书,一心想要报答玄宗的知遇之恩,立志做出一番事业。

然而,唐玄宗之所以征召李白,实则是因为元丹丘向玉真公主的推荐,以及贺知章等朝中大臣对李白才华的高度赞赏。尽管李白文采飞扬,但在朝中他仅被授予翰林待诏的名号,并未获得正式的官职。他的主要角色是作为文学侍从,为皇帝提供雅兴,创作华丽的诗文来歌颂盛世。

例如,当玄宗与太真妃游览骊山温泉宫时,李白奉诏作《侍从游宿温泉宫作》;在玄宗宫中举行宴会时,他奉诏创作《宫中行乐词》;在玄宗游览宜春苑时,他又奉诏写下《龙池柳色初青听新莺百啭歌》等作品。

那年夏天,玄宗泛舟于白莲池上,召李白作序。据范传正的《唐左拾遗翰林学士李公新墓碑并序》记载,李白当时已在翰苑中畅饮,玄宗仍命高将军扶他登舟。《太平广记》引用《唐摭言》也记载了李白奉诏草拟《白莲花开序》,但遗憾的是，这篇序文并未传世。

除此之外，李白还创作了《春日行》《阳春歌》等应景之作。这些诗歌虽然多是描写宫中的娱乐、赏花观景、赞美妃嫔，主题可能缺乏新颖性，但它们不乏柔和细腻的风格，尽显李白的才华横溢、文采斐然。字字是珠玑，句句蕴含着诗意和独特的艺术魅力，使他的名字永载史册。以至于任华在《杂言寄李白》中赞其"新诗传在宫人口，佳句不离明主心"，道出了李白应制诗的独特魅力和深远影响。

李白的这些作品，宛若唐三彩的绚烂多姿，亦如他丰富而复杂的精神世界，以其独有的艺术价值，成为他人难以企及的佳作，确立了李白在宫廷文学中的独特地位和卓越贡献。

5. 云想衣裳花想容

月华如水，清辉洒落，唐玄宗与太真妃携手漫步于兴庆宫的沉香亭下，共赏盛开的牡丹花。只见花影婆娑，暗香浮动，好一幅盛世美景。

李龟年手持檀板，引领着梨园子弟，正待歌声助兴，皇上突然发话："此情此景，名花与佳人相伴，岂能再吟旧日乐词。"遂命李龟年持金花笺，急召李白来赋新词。

李白正沉浸在长安的酒肆中，饮至酩酊大醉。当传旨的使者匆匆赶来时，只见他醉意蒙眬，呼唤不应。无奈之下，使者只得泼他一盆冷水，浇醒他，搀扶他跨上马背，急急赶往宫中。

抵达兴庆宫的沉香亭，李白虽带着几分醉意，却兴致盎然，欣然领命。他凝神片刻，随即挥毫泼墨，墨落纸上，一气呵成三首新词，就是有名的《清平调词三首》：

其一：
　　云想衣裳花想容，春风拂槛露华浓。
　　若非群玉山头见，会向瑶台月下逢。

其二：
　　一枝红艳露凝香，云雨巫山枉断肠。
　　借问汉宫谁得似？可怜飞燕倚新妆。

其三：
　　名花倾国两相欢，长得君王带笑看。
　　解释春风无限恨，沉香亭北倚阑干。

李白这三首词，既咏牡丹花，又咏太真妃，以人拟花，以

第五章 奉诏入京,一年半

花比人,花容人貌融为一体,赞颂国色天香美不胜收,堪比瑶台天仙,更胜汉宫佳丽赵飞燕。

其才思之敏捷,文采之飞扬,立时震撼了在场的每一个人。

太真妃听了这三首新词,即刻取过晶莹剔透的玻璃七宝盏,饮了从西凉国进贡来的葡萄美酒后,亲自领唱这三首歌。唐玄宗则亲执玉笛,为她伴奏,每当一曲将尽之际,便故意放缓节奏,使得旋律更柔媚,使这场原本赏花的盛宴,变成了一场音乐盛宴。太真妃的歌声清丽动人,玄宗的笛音悠扬婉转,两者的和谐配合,使在场的每一个人都沉浸在这美妙的旋律中。

这件事迅速传为美谈,李白的名声愈发响亮。而当君王倚栏聆听之际,不禁喜笑颜开,沉醉于那赏心悦目的乐事之中,仿佛人间所有的忧愁与烦恼,都瞬间化为乌有。尽管这是一首应制的宫廷诗作,李白却能写得艳而不俗,韵味天成,不仅赢得玄宗帝与太真妃的赞赏,更为那晚的赏花宴增添了无限雅趣,成为后世的不朽篇章,淋漓尽致地展现了他超凡脱俗的文人风采。

只是,尽管李白虽为皇帝侍文,却非阿谀奉承之辈。他心怀理想,对世事自有独到见解,在为君王宴游助兴之际,亦不乏深思熟虑，对某些问题能以委婉之词表达己见。譬如其《宫中行乐词》，便隐含规劝之意。《宫中行乐词八首》其三中所写，宫中的案上摆满了卢橘、葡萄，琳琅满目，佳肴美馔，丝管乐音绕梁，令人心醉。然而诗的结尾却笔锋一转，提醒君王在享受乐趣时，也应与民同乐。李白见君王曾励精图治，开创盛世，如今却沉溺于声色，不免心生忧虑。因此，他引用古训，劝诫君王应心怀天下，关注民生。

再如《阳春歌》中，李白以汉代唐，用细腻的笔触描绘了长安春日的美景：阳光灿烂，绿柳如烟，宫殿前的花卉初绽，华美的窗棂间飘散着阵阵花香。他目睹妃子们轻歌曼舞，场面热闹非凡。然而，在这繁华背后，他不禁感慨于皇上年复一年沉醉于声色，忧心于天下大事将何以堪。

李白入宫后得知，太真妃杨玉环原是寿王李瑁的妃子。武惠妃去世后，玄宗寂寞，于骊山温泉一见杨玉环，便心生爱慕。开元二十九年（741），以追念窦太后的名义，将杨玉环度为女道士，赐号太真。不久，玄宗便带她同游骊山，随后直接将她迎入宫中，倍加宠爱。太真妃擅长歌舞，使得玄宗日日沉醉于声乐，渐渐忽视了朝政。

目睹宫中日日的狂欢，李白心中忧虑重重，不禁想起吴王夫差与西施的故事，那一段因沉迷美色而荒废国事的往事，如同历史的警钟，回响在他的心中，遂作《乌栖曲》：

姑苏台上乌栖时，吴王宫里醉西施。
吴歌楚舞欢未毕，青山欲衔半边日。
银箭金壶漏水多，起看秋月坠江波。
东方渐高奈乐何！

此诗以吴王之事为鉴，隐喻君王若长此以往，国事将难以为继的忧虑。

李白的诗，不仅文采斐然，更蕴含深意，其忧国忧民之情，溢于言表。

6. 诽谤酒，醉舞文

唐玄宗虽真心赏识李白，却仅将他视为一位才华横溢的文学侍从，从未以朝臣或政治家的身份来看待他。

可李白是怀揣着"济苍生，安黎元"的宏伟志向，来到长安的。

回首昔日，圣旨降临，召李白入京时，他便豪情满怀地写下："仰天大笑出门去，我辈岂是蓬蒿人？"的诗句，道尽了他的雄心壮志，以及对尘世庸俗的不屑。

这样的李白，怎能长期屈身于天子弄臣之列，甘心成为玩物？

显然，他无法做到。随着理想与现实的鸿沟日益加深，李白对御用文人的生活感到日渐疲惫，开始与贺知章等人结为"酒中八仙"，借酒浇愁。甚至在"天子呼来"时，他选择了不上船。在高力士等人的谗言之下，他与唐玄宗的关系日渐疏远，最终被赐金放还，结束了这段宫廷生涯。

在《翰林读书言怀呈集贤诸学士》中，李白回忆了这段供奉翰林待诏的日子。当时皇城内，集贤殿书院与翰林院并立。前者主要负责侍读，偶尔起草文书；后者则专职为皇帝撰写重要文件。翰林院因近侍皇帝，人数寥寥，地位自然高于集贤院。李白，作为唐玄宗亲自征召的文人，备受荣宠，关于他深得皇帝青睐的传闻络绎不绝。然而，皇帝仅将他视作文才出众的诗人，常召他进宫赋诗，以供歌唱娱乐。

随着时光流逝，李白的理想渐行渐远，他逐渐从幻梦中清醒。

同时，他所遭遇的荣宠，也给他带来了非议和诽谤，令他心情沉重。这首诗，正是他在翰林院读书时，心有所感，抒发胸中郁闷之作。

天宝二载（743），秋，李白在翰林院待诏已满一年，开始感到环境的压抑，心生苦闷。

在翰林院，他日复一日地等待着皇帝的诏令，却鲜有被召见的机会。他大多数时间沉浸在阅读古书、研究历史之中，偶尔因书中的精妙之处而露出微笑。然而，面对周围小人的搬弄是非，他感到无奈与厌恶。

李白性情豪迈，不屑与小人为伍，亦不善于口舌之争。常遭心胸狭窄者讥讽，他那高洁的志向难以被人理解，孤独之感令他倍感无力。

烦闷时，他常会走到廊下，凭栏远眺，望着清朗的云天，不禁向往外面山林的生活，渴望呼吸清新的空气，享受和风的轻拂，渴望在山间长啸以抒怀。他羡慕严子陵在桐庐垂钓的自在和谢灵运游历山水的闲适，期盼有朝一日功成名就，能远离尘嚣，终日垂钓，享受那宁静之乐。

这天上午，他转身回去后，写下了《翰林读书言怀呈集贤诸学士》：

晨趋紫禁中，夕待金门诏。
观书散遗帙，探古穷至妙。
片言苟会心，掩卷忽而笑。
青蝇易相点，《白雪》难同调。
本是疏散人，屡贻褊促诮。
云天属清朗，林壑忆游眺。
或时清风来，闲倚栏下啸。
严光桐庐溪，谢客临海峤。

李白传

    功成谢人间,从此一投钓。

  这首诗将一颗超脱尘世、追求自由的灵魂,深深寄托于文字之中,是李白面对眼前境遇的深刻反思。他常怀"功成身退"的想法,一如武侠世界里的绝世高手,不与尘世争锋,事了拂衣去,深藏功与名,何等潇洒自如!

  然而,理想与现实之间,隔着一道难以逾越的鸿沟。

  他的理想,如同镜花水月,可望而不可即;他的现实,却是翰林院中的闲逸与束缚。他渴望超脱,却又不得不面对世俗的纷扰与羁绊。

  李白的内心,充满了矛盾与挣扎。他既想追求文人的自由与高洁,又不得不应对现实的种种无奈。

  而且,这段时间,李白在宫廷中的处境变得愈发微妙,已然感到被君王日渐疏远,不免苦闷。他本就酷爱饮酒,如今更是频繁借酒浇愁,不仅在翰林院中对月独酌,还常出没于长安街市的酒肆,纵酒狂歌,因而"酒仙""醉圣"的名声在长安城迅速传开。

  杜甫在《饮中八仙歌》中曾描绘李白:"李白一斗诗百篇,长安市上酒家眠。天子呼来不上船,自称臣是酒中仙。"表明李白的饮酒,并非沉溺,而是一种精神上的放纵与享受。酒力往往使他诗兴大发,创作出许多佳作。如五代王仁裕在《开元天宝遗事》中所述:"李白嗜酒,不拘小节,然沈酣中所撰文章,未尝错误。"

但李白的纵酒行径,虽被传为佳话,却也给那些心怀叵测的小人以可乘之机。随之而来的诽谤与诋毁,让君王对他的不满愈发加深。在这种境遇之下,李白激愤难平地写下《玉壶吟》:

> 烈士击玉壶,壮心惜暮年。
> 三杯拂剑舞秋月,忽然高咏涕泗涟。
> 凤凰初下紫泥诏,谒帝称觞登御筵。
> 揄扬九重万乘主,谑浪赤墀青琐贤。
> 朝天数换飞龙马,敕赐珊瑚白玉鞭。
> 世人不识东方朔,大隐金门是谪仙。
> 西施宜笑复宜颦,丑女效之徒累身。
> 君王虽爱蛾眉好,无奈宫中妒杀人!

在这首诗里,李白自比东晋王敦,击壶吟诗,倾吐着岁月流逝而壮志未酬的哀愁。他饮酒舞剑,对月长啸,泪洒衣衫,情感激荡。忆往昔辉煌,如今却似东方朔,虽身在金门,却默默无闻,怀才不遇。诗中还隐含了宫中的嫉妒与争斗,美人难以立足;也反映了自己在宫廷的困境,对现实的不满与愤慨。

7. 赐金放还

李白晚年在《书情赠蔡舍人雄》中曾言:"遭逢圣明主,敢进兴亡言。白璧竟何辜?青蝇遂成冤。"直陈其在宫中曾言国事,却遭小人谗言,如同鱼目之于珍珠、青蝇之于白璧,清白受污。

在《流夜郎赠辛判官》中他亦说:"昔在长安醉花柳,五侯七贵同杯酒。气岸遥凌豪士前,风流肯落他人后?"足见其傲岸不羁,平交王侯,不肯媚俗,在诡谲的官场自然招致嫉妒。

在《答高山人兼呈权顾二侯》中他也说:"谗惑英主心,恩疏佞臣计。"

在《为宋中丞自荐表》中他更是直言不讳:"为贱臣诈诡,遂放归山。"虽未明言,但后来还是给亲友透露,玄宗原有意提拔他为中书舍人,却因张垍的谗言而被驱逐。

张垍,便是忌妒李白才华,当初骗李白去玉真公主道观里整整等了大半年的当朝驸马。

还有玄宗的亲信宦官高力士。因一次李白醉后,在宫殿醉意蒙眬,伸脚命高力士脱靴,高力士视为奇耻大辱,怀恨在心,自此,便伺机挑拨,图谋报复。窥见杨玉环对李白所赋《清平调词》赞不绝口,常吟于口,一日,杨玉环又吟至"借问汉宫谁得似，可怜飞燕倚新妆"，高力士便趁机进谗："赵飞燕昔日是娼家女，今李白以此比妃，暗含轻蔑，妃何故对此词留恋？"杨玉环闻言，心生嫌隙，对李白的词句由爱转恨。

所以，当玄宗曾有意提拔李白时，杨玉环受高力士影响，也坚决反对。

这些宠臣宠妃的谗言中伤，令李白感到无奈与忧虑，忧心忡忡地写下了《古风》其三十八：

> 孤兰生幽园，众草共芜没。
> 虽照阳春晖，复悲高秋月。
> 飞霜早渐沥，绿艳恐休歇。
> 若无清风吹，香气为谁发？"

李白感觉自己就像孤兰生长于深园之中，被杂芜所蔽。为挽狂澜于既倒，他曾急书《相逢行二首》其一，向君王发出深切的呼唤，坦露对君王的忠贞与期盼：

> 朝骑五花马，谒帝出银台。
> 秀色谁家子，云车珠箔开。
> 金鞭遥指点，玉勒近迟回。
> 夹毂相借问，疑从天上来。

醉入青绮门，当歌共衔杯。
衔杯映歌扇，似月云中见。
相见不得亲，不如不相见。
相见情已深，未语可知心。
胡为守空闺，孤眠愁锦衾。
锦衾与罗帏，缠绵会有时。
春风正澹荡，暮雨来何迟？
愿因三青鸟，更报长相思。
光景不待人，须臾发成丝。
当年失行乐，老去徒伤悲。
持此道密意，毋令旷佳期。

然而，李白"毋令旷佳期"的低微恳求，并未得到君王的眷顾，愈发令他感到寒意渗骨，坐在深夜，辗转反侧，写下了《古风》其四十四：

绿萝纷葳蕤，缭绕松柏枝。
草木有所托，岁寒尚不移。
奈何夭桃色，坐叹葑菲诗。
玉颜艳红彩，云发非素丝。
君子思已毕，贱妾将何为？

诗中不著一个"怨"字,哀怨之情却跃然纸上。

到了这般地步,他只能考虑离去了。

天宝三载(744),初春,李白与王昌龄一起为其族弟襄把酒送行时,酒后吐真言,透露出他处于去留之间的矛盾心情,并在《同王昌龄送弟襄归桂阳二首》中——记载。

不久后,又送裴图南归隐嵩山,他把裴图南拉到僻静处,偷偷诉说自己的心事,也准备远走高飞。

到夜深人静,他独自静坐,回忆起未入朝时,自己曾隐居山林、悠游江海的自在与逍遥。随着一纸诏书将他召至京城,从此踏入了繁华而纷扰的宫廷生活。他侍奉御宴,伴随君王,撰写诗赋,献策建言,皆出于忠心辅佐,无意于名垂青史。然而,世事无常,尽管他有庄周论剑、墨翟谈兵之才,却未获重用。又因性格直率,才华被误解,遭到君王的疏远,恩宠不再。

如今,他反复思量,或许退隐山林、躬耕田亩,才是他唯一的归宿。他心中浮现出秋山傍晚的景致:山间清风徐来,林间鸟鸣悦耳,落日余晖洒落,宁静而美好。边想边吟,他似乎已置身于那片宁静之中,写下了《秋夜独坐怀故山》:

小隐慕安石,远游学屈平。

天书访江海,云卧起咸京。

入侍瑶池宴，出陪玉辇行。

夸胡新赋作，谏猎短书成。

但奉紫霄顾，非邀青史名。

庄周空说剑，墨翟耻论兵。

拙薄遂疏绝，归闲事耦耕。

顾无苍生望，空爱紫芝荣。

寥落暝霞色，微茫旧壑情。

秋山绿萝月，今夕为谁明？

次日晚，又在宫中观赏歌舞《雉子斑》，看得李白心潮起伏，泪眼蒙眬，遂作《设辟邪伎鼓吹雉子斑曲辞》。诗中描绘幼雉羽毛绚丽，嬉戏于田野之间。老雉谆谆教诲，提醒幼雉警惕人心险恶，勿贪食而忘危险。当得知幼雉被捕，老雉疾飞而至，却自恨力不从心，无法如黄鹄般高飞救援。最终猎人得手，幼雉被捕，母雉公雉心如刀割，追随猎车，哀鸣不已。

至此，李白吟哦："乍向草中耿介死，不求黄金笼下生。"断然宣称，宁愿在山野草间清贫而终，也不愿屈于华宇之下，受制于人。

他已在这一场场的宫廷"欢歌"中看清了自己吧。

何况，天宝三载（744）初，又送贺知章归越养老。

这一送，不仅是目送，更是心随。当望着八十六岁的老友远去他视野的那一刻啊,他的心也追随着老友的身影而去。

回来后,李白便向玄宗正式上书,恳请还山。

玄宗觉得李白的狂放不羁不适合朝政,便以"非廊庙之才"为由,顺水推舟,同意了他的请求,赐金放他还乡。当时的玄宗,已沉溺于声色,偏听偏信,朝政被奸臣把持,忠良难以立足。在这种情况下,李白的"赐金放还",亦是势在必然。

李白离开翰林院时,五味杂陈,惆怅满怀地给知己同僚写了首留别诗《还山留别金门知己》:

> 好古笑流俗,素闻贤达风。
> 方希佐明主,长揖辞成功。
> 白日在青天,回光烛微躬。
> 恭承凤凰诏,欻起云萝中。
> 清切紫霄迥,优游丹禁通。
> 君王赐颜色,声价凌烟虹。
> 乘舆拥翠盖,扈从金城东。
> 宝马丽绝景,锦衣入新丰。
> 依岩望松雪,对酒鸣丝桐。
> 因学扬子云,献赋甘泉宫。
> 天书美片善,清芬播无穷。
> 归来入咸阳,谈笑皆王公。

> 一朝去金马，飘落成飞蓬。
> 宾客日疏散，玉樽亦已空。
> 才力犹可倚，不惭世上雄。
> 闲作东武吟，曲尽情未终。
> 书此谢知己，寻吾黄绮翁。

至此，兴冲冲也奉诏入京，不过年余，便失意而返。

然而，他胸中的理想之焰，依旧炽热不息。

回首在长安城的这段短暂光阴，李白既务实又超脱，如同儒道并重的双璧，创作了一百五十多首诗，占其现存诗作的六分之一。这些诗篇，流传至今，见证了他这段非凡的文学之旅。

未来岁月，李白摆脱了宫廷的华丽与官场的纷扰，一转身，便踏入了更为辽阔的天地，走向了广袤的民间。人生的起伏与丰富的阅历，无疑将促使他的诗作更加丰硕，诗风更加成熟，引领他攀登至思想与艺术的高峰。

第六章　诗啸江湖，十二载

1. 高山流水，遇知音

天宝三载（744），暮春的这天，落花阑珊，柳絮飘飞，一声声的子规哀啼，送李白走出长安。

他孤身一人，出武关，东行商洛，沿着曲折的小径，一步步前行，去往"商山四皓"的陵墓拜谒。

商山四皓，是秦末汉初的四位著名学者，东园公、甪里先生、绮里季、夏黄公，皆以修身养性自持，不慕荣利，不图仕途，因不满秦始皇的暴政，选择隐居商山直至白发，后来辅佐汉高祖刘邦的太子刘盈，功成身退，再次隐于商山，终老于此。

抵达商山后，李白缅怀四皓的清高与隐逸，心中感慨万千。他立于四皓陵前，深深一拜，面对荒芜的坟茔，泪水不禁潸然而下。

春风中，蝶飞草长，景色宜人，而李白却仿佛看到四位隐士翩然而来，自称是秦时的避世之人，在此逍遥饮酒。

李白仿佛身临其境，与四皓共饮、同欢，忘却尘世纷扰，浑然不觉岁月流逝。他不由得闭上眼，在风声、鸟鸣、树叶的沙沙声中与四皓对话、交流，得到心灵的慰藉。

直到夕阳的余晖洒满陵墓，李白方才依依不舍地离去。

下山途中，他再次回首，遥望那四座石碑，心中默许，愿自己能如这些智者，留下被后人铭记的足迹。他所追寻的，不仅是一方心灵净土，更是智者们不朽的精神遗产。

随后，他创作了《商山四皓》《过四皓墓》《山人劝酒》三首诗。

不久后，李白来到了洛阳。

这天，在洛阳大街上，李白遇见一人，四目相视时，便有无限冲击力，只见对方微微一怔，直盯住头戴道巾、身披道袍的李白。

"是……"

"李白。"

李白到底是爽利的，面对杜甫的疑惑和猜测，他立时道出来自己的名字，衣襟飘飘，笑容满面地站在杜甫面前。

杜甫霎时狂喜，复又定睛看着李白。

第六章　诗啸江湖，十二载

就在这一刻，历史上的"诗仙"与"诗圣"相遇了。

被后人誉为"诗圣"的杜甫，字子美，号少陵野老，别号杜少陵、杜工部、杜拾遗、杜草堂、老杜等，河南巩县人。杜甫自幼好学，学识渊博，才思敏绝，是唐代伟大的现实主义诗人，也是享誉世间的"诗圣"，在其留传下来的一千五百多首诗中，蕴含着不朽的生命品质和精神力量，代代相传，生生不息。

此刻，四十三岁的李白已是天下第一文人，三十二岁的杜甫还寂寂无闻。即便有十一岁的年龄差距，但是在杜甫面前，李白无丝毫倨傲，而向来"性豪业嗜酒""结交皆苍老"的杜甫，更是欢喜。

他们惺惺相惜，庄重地立在历史的长河中，一眼望过去犹似故人来，一开口便已是高山流水，等到坐下来时，所有细微之处的情感豁然而出。

闻一多先生曾说："在我们四千年历史里，除了孔子见老子（假如他们是见过面的），没有比这两人的会面，更重大，更神圣，更可纪念的。"

他们相约坐下来，李白看了杜甫的几首诗，盛赞不绝，尤其是《望岳》的"会当凌绝顶，一览众山小"令他击节赞叹，大笑道："咱们就是临绝顶！"

话音一落，两人相视"哈哈"而笑。

李白传

　　这时候的他们，心灵相同，经历相似，傲气也是一样。李白说他"五岁诵六甲，十岁读百家"，杜甫说他"七龄思即壮，开口咏凤凰。九龄书大字，有作成一囊"；李白说他"十五观奇书，作赋凌相如"，杜甫说他"往昔十四五，出游翰墨场。斯文崔魏徒，以我似班扬"；李白二十四岁"仗剑去国，辞亲远游"，杜甫二十岁便开始他的"壮游"生涯……

　　他们亦有着共同的志向和抱负。只是这时，李白已从仕途下来，欲入山访林，隐遁出世；杜甫虽然科考失败，落意在心，却依然满腔热血，满怀憧憬。

　　相遇在洛阳的日子里，李白和杜甫十分愉悦，他们白天游玩，晚上纵饮，一人研磨一人拿笔，一人执杯一人吟咏，欢畅痛快，乐以忘忧。

　　一天，李白随杜甫来游览郑驸马的别业林亭，亭子建在山间翠微处，在此之前，杜甫常来游览，经常坐在亭子里沐浴落日清晖，看着眼前的山石奇险，巉岩跃出，俯瞰亭边河水，涟衣荡漾，曾写下《重题郑氏东亭》：

　　　　华亭入翠微，秋日乱清晖。
　　　　崩石欹山树，清涟曳水衣。
　　　　紫鳞冲岸跃，苍隼护巢归。
　　　　向晚寻征路，残云傍马飞。

这时，便和李白分享这首诗。

两个人乐滋滋地看景谈诗。出来后找了一酒肆坐下，饮至酣畅，李白时而为自己的怀才不遇惆怅，时而狷狂着高举酒杯，笑傲王侯，睥睨世俗，自称是酒中仙，是偶临凡间的谪仙。而杜甫始终笑着，笑看着李白，眸光里的欣赏那么温暖地慰藉着李白。

李白是疏狂的，杜甫是温和的。

李白喜欢杜甫。

杜甫愿意陪着李白，仿佛只要能和李白在一起，生活上的困顿，落第的失意，皆不算什么。

他们一起去游玩，去访仙，去修道……畅想着在那苍松古柏之下，成为一代得道高人，静坐在石凳上，品茗对弈，诵经参禅。

"那多好啊！"

"那我陪李兄去。"

"行，咱们北渡黄河到王屋山去。"

…………

初夏的晚上，两人你一言我一语，聊得难舍难分，约着一起外游。

然而，还没来得及行走，杜甫的祖母病危，要他速回祖母娘家陈留。没想到李白说："我也去陈留，咱们一起去。"

杜甫顿时高兴，两个人略收拾便快速起身，因为时任陈留太守的李彦允是李白的从祖（祖父的兄弟），李白正想去陈留访问。

位居中原的陈留属膏腴之地，曹操当年曾在此起兵，东北可去山东诸郡，东南可去江淮诸郡，以至于刘邦与项羽争天下时高阳酒徒郦食其就对刘邦说："陈留虽小，却是天下要冲，四通五达之地。"

二人赶到陈留，杜甫的祖母已过世，需要日日焚香祭奠，料理后事。

李白便和杜甫告别，杜甫不舍地说："李兄，办完事我就去找你。"

李白微微一笑，转身离去。他知道，杜甫一直在身后默默注视着他，也深知杜甫能洞悉他笑容背后隐匿的哀伤，能看透他竭力掩饰的、不为世人所知的脆弱。

2. 三人行

是年秋，李白如约见到了杜甫。

这天，他们结伴来游梁园。

梁园位于睢阳郡大梁城东（今商丘梁园区和开封东一带），由西汉梁孝王所建，昔日宫阙连绵，花木繁盛，游人如织，然，历经朝代更迭，早不似往昔的繁华景象。

李白和杜甫走进梁园，走在高台断壁旁凭吊时，忽然，一个矫健的背影，脚步沉稳，匀称，一路径直进来，惊呼一声："子美。"原来是高适，杜甫笑看着高适，连声道："太好了，太好了，咱们又见面了。"说着，杜甫回头唤李白，把高适介绍给李白。

李白和高适就这么相识了。

三大诗人，一个浪漫主义者侠骨仙风、仗剑天涯，一个现实主义者清癯有神、忧国忧民，一个边塞将士气宇轩昂、快人快语，看似风格迥异，但是一样的诗才、一样的仕途曲折，让他们在梁园的不期而遇，相见恨晚，欣然同行。

三个怀才不遇、浪迹天涯的诗人，怀着对仕途的失意，登上吹台，坐在台上，感慨万千。

步下吹台，三人沿着大梁城墙往前走。

大梁城是战国时期魏国的都城，曾出过著名侠士侯嬴和朱亥。李白喜好游侠，对这两位侠士素怀敬意，在大梁寻访古迹过程中，写下了豪情的《侠客行》：

赵客缦胡缨，吴钩霜雪明。
银鞍照白马，飒沓如流星。
十步杀一人，千里不留行。

李白传

> 事了拂衣去,深藏身与名。
> 闲过信陵饮,脱剑膝前横。
> 将炙啖朱亥,持觞劝侯嬴。
> 三杯吐然诺,五岳倒为轻。
> 眼花耳热后,意气素霓生。
> 救赵挥金槌,邯郸先震惊。
> 千秋二壮士,烜赫大梁城。
> 纵死侠骨香,不惭世上英。
> 谁能书阁下,白首《太玄经》?

之后,他们又到梁园北面的单父县(今山东单县),登上单父台。

单父台即琴台,伟岸高耸,形如半月,又名"半月台",是春秋时期孔子弟子宓子贱任单父宰"鸣琴而治"之地。

如今三人共登琴台,吟咏唱和一番后,高适转头笑道:"凭吊怀古,有酒才好。"

一句毕,正中三人怀。三人下了平台,请僧人置办酒菜及笔墨纸砚,借了厢房,觥筹交错,开怀畅饮,从昔论今,谈笑风生。

酒至半酣,杜甫道:"酒来了,诗呢?"

高适边饮边抬头问:"赋诗以何为题?"

第六章　诗啸江湖，十二载

李白仰头笑，岁月流逝，人生短暂，有感即发，惟意所欲，何必命题。

于是间，高适起头作了《古大梁行》："古城莽苍饶荆榛，驱马荒城愁杀人，魏王宫观尽禾黍，信陵宾客随灰尘……"

李白不甘其后，起身在墙上挥毫泼墨《梁园吟》：

我浮黄河去京阙，挂席欲进波连山。
天长水阔厌远涉，访古始及平台间。
平台为客忧思多，对酒遂作《梁园歌》。
却忆蓬池阮公咏，因吟渌水扬洪波。
洪波浩荡迷旧国，路远西归安可得？
人生达命岂暇愁，且饮美酒登高楼。
平头奴子摇大扇，五月不热疑清秋。
玉盘杨梅为君设，吴盐如花皎白雪。
持盐把酒但饮之，莫学夷、齐事高洁。
昔人豪贵信陵君，今人耕种信陵坟。
荒城虚照碧山月，古木尽入苍梧云。
梁王宫阙今安在？枚马先归不相待。
舞影歌声散渌池，空馀汴水东流海。
沉吟此事泪满衣，黄金买醉未能归。
连呼五白行六博，分曹赌酒酣驰晖。

歌且谣，意方远，东山高卧时起来，

欲济苍生未应晚。[1]

虽然李白的这首《梁园吟》与其名篇《将进酒》多相似之处，却还是留下了"千金买壁"的浪漫故事。

直到夕阳下，炊烟起，高适问："今游得甚快，明日复猎宋州，可好？"

"好。"

三人这才下吹台，往回走。

次日，他们趁着秋爽时节，驰马于宋城东北，狩猎于附近的孟诸野泽。李白在《秋猎孟诸夜归置酒单父东楼观妓》一诗中记述了这次秋猎：

倾晖速短炬，走海无停川。

冀餐圆丘草，欲以还颓年。

此事不可得，微生若浮烟。

骏发跨名驹，雕弓控鸣弦。

鹰豪鲁草白，狐兔多肥鲜。

邀遮相驰逐，遂出城东田。

---

1 《李太白全集》（上下），（清）王琦著，中华书，2018年版，第339~341页。

第六章 诗啸江湖，十二载

> 一扫四野空，喧呼鞍马前。
> 归来献所获，炮炙宜霜天。
> 出舞两美人，飘飘若云仙。
> 留欢不知疲，清晓方来旋。

猎毕，大家欢呼而归，各献所得，到附近一个单父台上烤肥割鲜，炮制野味，同时邀请两位美女以翩翩舞姿和悠扬歌声助兴。他们一边置酒品鲜，一边观赏歌舞，纵情欢乐，并把美女留下，欢乐缠绵，通宵达旦，天亮才依依不舍地让美女们离去，各自归家。

回来后，三人又开始喝酒。

三个人的酒量不相上下，只是高适酒喝得越多话越少，十杯下肚也镇定自若，而看似少年老成的杜甫喝多了则放荡不羁，至于李白，喝到兴头上，不仅手舞足蹈，引吭高歌，还要拔剑作舞狂作欢。

有次，本来要回西南宋城的李白喝多了，撒腿跑到东北的单父，杜甫和高适只好跟在他后面去追，也不曾追上，待到终于赶到单父，李白却已是边喝酒边欣赏歌舞。

至此，三人于单父台纵情诗酒，观赏歌舞，至深夜也不肯回去。

这是他们彼此最难忘的一段逍遥时光，四十四岁的李白、四十五岁的高适已是不惑之年,三十三岁的杜甫也不再年少。但他们相识时,彼此欢喜,游览,狂酒,作诗,如年少时一般快乐。

3. 受箓入道

秋末,高适要赴楚,三人才挥别。

杜甫则陪着李白,驾一叶扁舟,穿越黄河激流,前往王屋山寻找道士华盖君。

王屋山,山形如王者车盖,绝顶有坛,为轩辕祈天之所,故又曰天坛。《天坛王屋山圣迹记》记载,黄帝在此清斋三日,祷告上帝,得西王母及九天玄女之助,败蚩尤,定天下。相传黄帝在此受神仙之道,开华夏文明。春秋末,老子在此隐居,创道教,使王屋山成为道教圣地,吸引众多道士前来。

李白和杜甫兴冲冲而来,游赏了山中的千岩万壑,观赏了落日初霞,聆听了松风涧水,仰望了皓月下的白鹤。只是,寻仙不得,他们所寻的仙人华盖君已仙逝。

在华盖君炼丹的艮岑峰,只见四周幽暗无光,一片凄凉,只有秋风林涛伴随涧水汤汤,山风还不时送来青兕和黄熊的悲啼。

第六章　诗啸江湖，十二载

"李兄，是这儿吧？"杜甫担忧地看着发呆的李白，李白点头，脚下一晃，几乎摔倒，杜甫忙过来拉住他，他长吐一口大气，说，"没事，只是有点累而已，坐下稍微休憩。"

才坐下，李白就站起来，喃喃道："怎么会是这样呢？"

他实在坐不住。

杜甫只好跟着站起来。

他们遥望着昔日的仙地，苍莽空阔，依稀有殿庭的仪仗，有随风飘过的羽衣，有斜倚白茅室旁的弟子，有青铜锁，有巾拂香余捣药尘，有漫漫的台阶灰……

李白目光黯淡，神情无助，不禁抚摸着"华盖君"的遗迹徒然叹息，黯然神伤。

杜甫只好劝着李白回去。

李白这才三步一回头，五步一停坐，依依不舍地望着凄冷的秋山。不见仙魂，哪里还有仙境？低头时，两眼一齐泪堕，说不出话来。

从王屋山归来，李白决定到齐州紫极宫请道士高如贵受道箓，杜甫不忍心他失落，便决意陪他再前往齐州。

到了齐州，两个人频频出入齐州司马府。

时任齐州司马的是李之芳。

李之芳是李邕的族孙。

李邕，便是李白二十多年前慕名前去拜访，并写下《上李邕》一诗中的那位李邕，史称李北海。当时，年轻的李白口若悬河，让李邕反感，彼此的初见并不愉快，所以李白才写下了《上李邕》。不料，李邕在看到这首诗后，不仅没生气，反而对李白的才华大加赞赏，认为李白很像年轻时的自己。

李邕与杜甫的交情极深，得知杜甫和李白在此，特意赶来与之会面。

这一年，李邕已经六十八岁，一头银发，目光炯炯，思维依然敏捷。他见到名满天下的李白和杜甫时，徐步过来，神采飞扬，谈笑爽朗。

李白急忙躬身向前，恭敬行礼。即便狂傲如他，即便旧日里有过不愉快，面对这位声名远扬的文学家和书法家，李白依然充满敬意。如今，有杜甫相伴，二人一笑泯恩仇，很快便畅谈起来，越谈越投机，谈成了忘年之交。因为李邕其人，和李白一样，也是一狂人，个性强烈，追求极致。

李邕出身江夏李氏，是著名学者李善之子。李善学贯古今，清正廉洁，刚直不阿，有君子风韵、雅行之德，人称"书簏"，著有《文选注》《汉书辨惑》等。据《新唐书·李邕传》中记载，《文选注》初稿成后，李善让李邕提批评意见，"试为补益之"。李邕读后，真的提了些变更、增删的建议，而李善见李邕提出的建议很有道理，就将相应的内容写在原稿边，出现了"两书并行"。

第六章 诗啸江湖,十二载

少年成名的李邕,工文,擅墨,尤其以行草著称,碑文精湛,当时天下人多以千金求其墨宝,一时名重天下,堪称行书碑文的大师。其作品如《端州石室记》《麓山寺碑》《法华寺碑》等,其书法风格奇伟倜傥,变二王之法,豪挺、茂密、雄劲,自成一格。他对自己的书法也极其自信,曾言"似我者俗,学我者死",又自诩"不愿不狂,其名不彰"。李邕的性格亦正亦邪,锋芒毕露,除了卖文敛财,还屡犯贪污。他从校书郎起家,历任左拾遗、户部郎中、殿中侍御史、括州刺史,最终成为北海太守。

他的一生跌宕起伏,因直言不逊而树敌,为人忌恨,屡遭贬谪。在与李白、杜甫相见后的两年,被中书令李林甫构陷,惨遭杖杀,令李白与杜甫万分悲痛。

几日后,李白要去紫极宫接受道箓,杜甫则计划前往临邑探望弟弟杜颖,二人挥手告别。

杜甫赠李白一诗《赠李白》:

秋来相顾尚飘蓬,未就丹砂愧葛洪。
痛饮狂歌空度日,飞扬跋扈为谁雄?

既是劝诫,也是关怀。杜甫深知李白心中的苦,对其放任自流感到惋惜,所以才诚心诚意地劝告李白好好想想未来。

与杜甫别后，李白赴安陵（今河北地），求道士盖寰造真箓。又经李彦允的介绍，至齐州（今济南）紫极宫，拜北海高天师如贵，受传道箓。真箓与道箓，是道教符箓，传说能震慑四方，通达神灵，护身辟邪。

据张炜所言："这是一个严苛的仪式，要筑一个坛，接受道箓者要七天不吃不喝，围着坛转圈，两手背剪，披头散发。很少有人能承受这个煎熬，有的人甚至半途死去。有的人虽没死，但也被折磨得恍恍惚惚，仿佛见到了仙人。李白经历了这个，最终成为接受道箓的正式道士。"[1]

至此，李白的道心愈发坚定，一度沉迷于炼丹服药，还撰过道书。

李白在《草创大还赠柳官迪》中也曾自述，觉得他自己身为道籍方士，谁又能奈何他？他本自诩纵横之才，却终被仕途所弃。如今他顿悟，求仙弃俗，明白了损益进退之理。宁愿不作帝京游子，但愿成为玉皇座上宾，驾鸾车，乘龙骑，一飞冲天，与仙侣共赴九霄，遨游太空，无牵无挂，不计世间得失荣辱。

这番自白，听似洒脱，实则蕴含着无尽的苦楚。毕竟，他两度入长安，均以失败告终，理想的破灭对他而言，打击

---

[1] 《也说李白与杜甫》，张炜著，人民文学出版社，2023年版。

沉重，痛楚难当，唯有弃俗求仙，以一身道袍来抚慰受伤的心灵。

4. 再见杜甫

受道箓之后，李白并未选择长居道观修行，而是返回了鲁郡沙丘的家。

回来后，他置田买地，并建起了一座酒楼。

李白日日于酒楼设宴，沉醉于酒香中，自得其乐，清醒之时甚少。酒意稍退之时，他便独自登楼，凭栏远望，或静坐着阅读道书。

这天，和任城的卢主簿告别时，李白作《赠任城卢主簿潜》：

> 海鸟知天风，窜身鲁门东。
> 临觞不能饮，矫翼思凌空。
> 钟鼓不为乐，烟霜谁与同？
> 归飞未忍去，流泪谢鸳鸿。

诗中以海鸟自喻，感知风浪将至，故避于鲁东，却又心系前程，对杯中的酒意兴阑珊，难以畅饮，更渴望展翅高飞，冲

李白传

破云霄。

岁月如梭，转眼又是一年。

天宝四年（745年）秋，正午时分，李白正行于饭颗山间，忽听到有人呼唤："李兄，李兄！"他急停步，回首望去，只见杜甫头戴竹笠，汗流满面，身形微晃，快步向他走来。

他看着弱不禁风的杜甫，不禁喊："啊！怎么瘦成这样了？"继而又忍不住笑道："是作诗太辛苦了！？"

这是两人的第三次相见，彼此欢天喜地调侃。

接下来，他们相携漫游兖州。

兖州，是昔日的九大州之一。九大州分别为豫州、青州、徐州、扬州、荆州、梁州、雍州、冀州、兖州，是大禹继承帝位时所划分的天下江山，所谓一言九鼎。至唐代此时，历经变革，兖州已更名为鲁郡。

几天后他们就走遍了鲁郡。

这天午后，李白带杜甫去拜访城北的范十居士。

范十居士是李白的朋友。

去的路上因为迷路，两个人误入山间野丛，无路可走，跌跌撞撞，相互照应着，好不容易才走出荒野，弄得满身苍耳，狼狈不堪。到了范十家，范十差点没认出李白。

范十的家是个农院，秋蔬殷实，果品烂漫。家里小童清俊，家外田畴环绕。他们时而看看北郭的酸枣，时而瞅瞅东篱

第六章 诗啸江湖，十二载

的寒瓜，开心不已。

直到夕阳西下，寒杵声起，晚云浓重，大家还聚在一起，喝酒，吟诗，欢喜着不舍分离。

席间，李白大唱猛虎词，完毕，不尽兴，叫杜甫也来一段。杜甫则背诵了《橘颂》："后皇嘉树，橘徕服兮。受命不迁，生南国兮。深固难徙，更壹志兮……"

到最后，他们都醉了。

在《寻鲁城北范居士失道落苍耳中见范置酒摘苍耳作》中，李白记载了其事：

雁度秋色远，日静无云时。
客心不自得，浩漫将何之？
忽忆范野人，闲园养幽姿。
茫然起逸兴，但恐行来迟。
城壕失往路，马首迷荒陂。
不惜翠云裘，遂为苍耳欺。
入门且一笑，把臂君为谁。
酒客爱秋蔬，山盘荐霜梨。
他筵不下箸，此席忘朝饥。
酸枣垂北郭，寒瓜蔓东篱。
还倾四五酌，自咏猛虎词。

> 近作十日欢，远为千载期。
> 风流自簸荡，谑浪偏相宜。
> 酣来上马去，却笑高阳池。

杜甫也写有一首《与李十二白同寻范十隐居》：

> 李侯有佳句，往往似阴铿。
> 余亦东蒙客，怜君如弟兄。
> 醉眠秋共被，携手日同行。
> 更想佳期处，还寻北郭生。
> 入门高兴发，侍立小童清。
> 落景闻寒杵，屯云对古城。
> 向来吟橘颂，谁欲讨莼羹。
> 不愿论簪笏，悠悠沧海情。

两位诗人的这两首诗，共同记叙了这一次难忘的城郊访友。

同年秋，李白嚷嚷着要求仙访道归隐，言辞激昂，竟使杜甫也心生向往。于是二人同赴东蒙山，去寻访元丹丘与董炼师。

元丹丘是李白的老友。

第六章　诗啸江湖，十二载

董炼师原名董奉先，也是衡阳的道士，隐居于东蒙山。

李白和杜甫翻山越岭上来东蒙山。

自东蒙山下至巅，地势忽平忽险，沿阶而上，蜿蜒曲折。疲乏或渴时，二人便同憩于路旁凉亭。亭隐林间，虽值深秋，落叶飘零，然山中红叶与黄叶交织，色彩斑斓，格外迷人，俩人忍不住对眼前的美景啧啧赞叹。

然后，穿过幽静的树林，走进惬意的山谷。山谷中有道观，朱门高敞，檐牙高啄，古木参天，翠竹繁茂。驻足观望之际，李白对杜甫言："东晋葛洪，便在此炼丹。"

杜甫闻之，赞叹道："果非凡境。"

葛洪，江南士族的后裔，叔祖葛玄，曾师从三国时期著名方士左慈，号称"葛仙公"。到葛洪，人称"小仙翁"，自号"抱朴子"，为道家"外丹"与"内丹"并重时期的集大成者，著作等身，《抱朴子》为其代表作。

李白携杜甫见到元丹丘后，元丹丘便热情地引二人于云雾缭绕的道山间漫步，以尽地主之谊。行至一道观前，见一巨石耸立，元丹丘称之为"澹台"，说葛洪曾在这个平台上炼制仙丹。

闻言，李白与杜甫不约而同地看向丹台四周，只见群峰竞秀，奇石嶙峋，树木挺拔，直插云霄，令人心生敬意。

接着，他们又一起去拜访董炼师，一同探讨经文，论道修

李白传

丹。然而,尽管李白与杜甫尝试炼丹数回,却始终未能炼得正果。

是夜,二人坐于这远离尘嚣的幽谷之中,闲来无事,开始沉思未来。杜甫的归隐之心已冷,昔日的抱负重燃,决意再赴长安寻求机遇。而李白,了然于心,自知仕途无望,只愿漫游山水,继续携剑天涯,踏上新的人生旅程。

这时,从他们见面,已过了三个月。

三个月来,李白与杜甫携手共度,同醉共眠,情同手足。几天后,恰逢元丹丘将赴西岳华山求仙修道,李白遂作《西岳云台歌送丹丘子》以赠别。送行之后,李白与杜甫亦一同下山。

杜甫即将离去时,李白于鲁郡东石门为杜甫设宴饯别,作了《鲁郡东石门送杜二甫》:

> 醉别复几日,登临遍池台。
> 何时石门路,重有金樽开。
> 秋波落泗水,海色明徂徕。
> 飞蓬各自远,且尽手中杯。

杜甫回赠一首七绝:

秋来相顾尚飘蓬,未就丹砂愧葛洪。
痛饮狂歌空度日,飞扬跋扈为谁雄。

此后余生,他们再不曾相见。

5. 大病一场

与杜甫在鲁郡东石门分别后,李白返回了沙丘的家。

随着天气日渐寒冷,北风愈刮愈烈。

李白独立于城楼上,远眺天际,想起与杜甫共度的日子,想起他们共论诗赋、游历四方,越想越思念,不禁轻叹一声,满怀感慨地吟成了《沙丘城下寄杜甫》一诗,诗曰:

我来竟何事?高卧沙丘城。
城边有古树,日夕连秋声。
鲁酒不可醉,齐歌空复情。
思君若汶水,浩荡寄南征。

为何要独卧沙丘城呢?有鲁酒不能醉,有齐歌也不能忘情,多想一直去追随你南去的踪迹!一刹那间,李白的思念如汶水,浩浩荡荡。

天宝五载（746），李白大病了一场。

这天，他从外面晃晃地走回来，冷得瑟瑟发抖，冷得满面风霜，一进门，便急闭门窗，欲将冬寒拒之门外。随后，他倒于榻上，沉沉睡去。

一觉醒来，他浑身难受，四肢无力，难以起身。"病了啊！"他躺在床上，不由得呻吟，"病倒了……"

是呀，从走出长安的那一刻，他就心有所料，怕自己抵抗不了那濒临绝望的痛。日日夜夜，他压抑着，忍受着，借酒浇愁，甚至自暴自弃，都不过是在自我较量着，在顽强跨越着那坍圮时的断裂，极力想逾越那隐秘的战栗的疼痛，却心力交瘁，几近崩溃。

此一刻，他内心的情绪滂沱，已不能自已。

他躺在病榻上，似刹那间枯萎了，一日又一日，昏昏沉沉。

慢慢地，冬去春来，万物复苏。

虽然习习的风还夹着丝丝凉意，窗外的阳光却已暖上心头。还有那含苞待放的桃花，花香随风入室。李白深吸一口，心神为之一振。

花香唤醒了他的感官，仿佛眼前已现花红柳绿的美景。李白不由得默念：大病何足惧哉？既然已忍受了那么多苦痛，就一定能战胜它。

第六章　诗啸江湖，十二载

很快，他以惊人的毅力，渡过了病患，日日康复，日渐坚强。

这天清晨，虽然身体初愈，仍然虚弱，他仍决意出门，跨上黄马，策马徐行。

他骑马前往鲁郡南郊的尧祠，为即将回长安的县令窦薄华饯行。

轻风中，李白身着简单的角巾便服，缓缓走进尧祠，目光穿过垂地的柳丝，绿荫如盖，遮掩了半个天空，阳光斑驳地洒落，映照着他的面容。

祠前，金沙潭水清澈见底，石门山上的瀑布如银链般落入潭中，泛起涟漪。李白站在潭边，欣赏着这青山碧水，感受着流动的美感，正适合为老友送行。但祭祀的喧嚣突然响起，车马雷动，一片惊动的嘈杂声令李白一震。回头望去时，与他相约的三五少年陆续到来。随后，他们一边同游尧祠，一边为友人送行，时而立于长杨树下，时而坐于红泥亭中，谈笑风生。

但是窦薄华的离去，还是勾起李白对昔日在长安的回忆，不免有些伤感，有股不平之气淤积在胸。待至暮色四合，李白与友人于金沙潭边举觞别离时，写下了《鲁郡尧祠送窦明府薄华还西京》："朝策犁眉騧，举鞭力不堪。强扶愁疾向何处，角巾微服尧祠南。长杨扫地不见日，石门喷作金沙潭……"

几天后，李白外出至金乡，遇友人韦八也要回长安。"长

李白传

安，长安，长安啊！"李白的唇角一颤，极力抑制地作了首《金乡送韦八之西京》：

> 客自长安来，还归长安去。
> 狂风吹我心，西挂咸阳树。
> 此情不可道，此别何时遇。
> 望望不见君，连山起烟雾。

一句"狂风吹我心，西挂咸阳树"，好似整颗心已被狂风带走，挂到咸阳树上，一往情深地凝望着友人归去长安的方向，直至愈去愈远，最后连影子也消失不见，只有连山的烟雾，迷迷蒙蒙，萦绕着他的怅然若失。

他始终心系长安。即便身处江湖，也难以忘怀；即便大病未愈，仍渴望重返帝都；虽言谈笑语间，不计前嫌，饮酒作乐，豪情万丈，却难掩内心的创痛。他对奸臣当道、浮云蔽日而被逐出长安，始终难以释怀，唯有借诗抒怀，来寄托心存的梦想。

后来他到单父，恰逢本家兄弟李沈也从咸阳来到此地。

李白、李沈、李凝兄弟三人欢聚，之后，李白、李凝便在东楼上为李沈饯行。

三人围坐于东楼的雕花木桌旁，桌上摆满了美酒佳肴，一片宁静雅致。而楼下市井喧嚣，熙熙攘攘。

少顷，李沈见李白面带忧色，便轻声劝慰："白兄，你的离京之苦，大家都能体会，愿兄能尽快释怀，往后的日子还长着呢。"

李白举杯，勉强一笑，道："沈兄，今日不谈此事。吾等兄弟虽天各一方，心却始终相连。今日一别，重逢之日难料，愿君此去秦地，一帆风顺，功成名遂。"

李沈遂含笑回应："白兄，凝兄，你们的深情厚谊，我铭记在心。此去秦地，定不辱使命，待归来时，再与诸君畅饮。"

三人举杯，酒意渐浓，三巡过后又三巡。

宴毕，李白目送李沈、李凝的身影渐行渐远，留他独自伫立于月下，仰望长安，心绪难宁。在清冷月光中，他吟下《单父东楼秋夜送族弟况之秦》："……明日斗酒别，惆怅清路尘。遥望长安日，不见长安人。长安宫阙九天上，此地曾经为近臣。一朝复一朝，发白心不改。屈平憔悴滞江潭，亭伯流离放辽海。折翮翻飞随转蓬，闻弦虚坠下霜空。圣朝久弃青云士，他日谁怜张长公？"

6. 看似江山依旧

云雾浩茫间，一条直上云霄的山路出现在眼前，李白脚踏木屐，衣衫飘飘，沿着山道缓缓向上走。

　　行至半山腰，看到海面上，一轮旭日冉冉升起，一声声鸣啼从天际传来。山道两旁，山峦层叠，曲径通幽，李白沉醉于这似曾相识的美景中，再细看，才认出来是天姥山呵！不知不觉间，天色已晚。

　　忽然，四野传来熊的咆哮、龙的吟唱，山泉激荡、山峰战栗，森林在崩塌、岩石被摧毁。天空中乌云密布，水面上波澜起伏，雾气缭绕。闪电划破长空，雷声隆隆。接着，"訇"的一声，仙府的石门轰然洞开，洞中的天空辽阔无边，日月之光照耀着金银宫阙。身着彩衣的神仙们乘风而行，飘飘袅袅，纷纷降临。

　　刹那间，虎弹琴瑟，鸾鸟驾车，仙人们络绎不绝，如同繁星闪烁。

　　看得李白猛然一震，惊醒。茫然四顾，梦中的奇景已无影无踪，只有枕席相伴，才惊觉原来是场梦。

　　他长叹一声。人生欢乐，如同那梦境一般，短暂而易逝。再念及近日别离的友人，归来之期难料。既然世事如流水东去，不复返，又怎能为权势低头，失了自由的笑容？！

　　沉思间，李白起身披衣，执笔蘸墨，一挥而就《梦游天姥吟留别》：

第六章　诗啸江湖，十二载

海客谈瀛洲，烟涛微茫信难求。

越人语天姥，云霞明灭或可睹。

天姥连天向天横，势拔五岳掩赤城。

天台四万八千丈，对此欲倒东南倾。

我欲因之梦吴越，一夜飞度镜湖月。

湖月照我影，送我至剡溪。

谢公宿处今尚在，渌水荡漾清猿啼。

脚着谢公屐，身登青云梯。

半壁见海日，空中闻天鸡。

千岩万转路不定，迷花倚石忽已暝。

熊咆龙吟殷岩泉，慄深林兮惊层巅。

云青青兮欲雨，水澹澹兮生烟。

列缺霹雳，丘峦崩摧。

洞天石扉，訇然中开。

青冥浩荡不见底，日月照耀金银台。

霓为衣兮风为马，云之君兮纷纷而来下。

虎鼓瑟兮鸾回车，仙之人兮列如麻。

忽魂悸以魄动，恍惊起而长嗟。

惟觉时之枕席，失向来之烟霞。

世间行乐亦如此，古来万事东流水。

别君去兮何时还？

李白传

且放白鹿青崖间,须行即骑访名山。

安能摧眉折腰事权贵,使我不得开心颜!

这一场梦境的广袤,犹如天地的无垠,惊心动魄。

写完这一场梦中神游,李白坚定地站起来,决心再一次外出游历。

天宝五载(746)的秋日,李白再次告别家人,起程南下吴越。

去吴越,是为了去四明山镜湖,也是为了去看望贺知章。

所以李白离开东鲁后,西向宋州,稍作停留,继而南下广陵。离广陵,至金陵。在金陵度过春天,随后,经云阳、吴郡,游历越中。至镜湖,远眺海天之际,已经是春去秋来,过去了一年。

一年来,李白南行,沿途游历山水,与故友新知、文人雅士相聚,纵情诗酒,走走停停。毕竟他的诗名早已传遍天下,无论行至何方,总有慕名而来的豪杰名士,尤其是一些地方官吏,如县尉、县令等热情接待李白,与他共饮诗酒,欣赏他的即兴创作。因此,这一路,游走在民间的李白留下了一篇篇传世佳作,其丰富的人生阅历,无疑赋予了诗作新的活力,推动其诗风更臻高妙的艺术之境。

天宝六载(747),秋,李白终于进入浙东,兴冲冲地泛舟

第六章 诗啸江湖，十二载

至镜湖。未及细赏府门前湖光，便急赴贺知章府邸。

他立于门前，心潮澎湃，想象与贺知章相见的情景。贺知章见他远道而来，定会和他一样激动吧？

然而，当他敲响门扉，迎接他的却是一阵沉默。

片刻后，门缓缓打开，一位老仆出现，得知李白来意，哀伤地告诉他，贺老已驾鹤西归。

这突如其来的噩耗，犹如晴天霹雳，震得李白一阵眩晕。他难以置信。千里迢迢奔来，贺知章却已仙逝。

原本满怀期待的旅程，霎时变得凄凉，难以自持。在老仆的带领下，李白来到贺知章祠堂，点燃香火，深深一拜，默立良久，凝视着香炉中的香烟缭绕，想着贺知章昔日的音容笑貌，想着他们彼此的赏识与共同的志趣爱好。

后来，他又来到贺知章的坟茔上凭吊，为生命的无常与脆弱，万分悲痛地写下了《对酒忆贺监》：

> 四明有狂客，风流贺季真。
> 长安一相见，呼我谪仙人。
> 昔好杯中物，今为松下尘。
> 金龟换酒处，却忆泪沾巾。

之后的日子里，他常常感念贺老的知遇之恩，对酒思人。

李白传

那一日贺知章还乡时,他曾作《送贺监归四明应制》及《送贺宾客归越》二诗以送别,如今却是物是人非,令他潸然泪下,情难自禁,将心中的悲怆与感慨,一一化作诗行,又作了《对酒忆贺监》其二:

> 狂客归四明,山阴道士迎。
> 敕赐镜湖水,为君台沼荣。
> 人亡余故宅,空有荷花生。
> 念此杳如梦,凄然伤我情。

然后,带着一腔潸然,他步履未停,追寻着贺老的足迹,想象其在镜湖畔的笑颜。朝廷赐予贺知章这澄碧的镜湖水,以增添他的荣耀,人为山水增辉,山水也为人增辉,人与山水本是相依相亲的。可如今,眼前的镜湖水依旧,人却已不在。

他还登上四明山,去看了看"四明狂客"的四明山,又作了《重忆一首》:

> 欲向江东去,定将谁举杯?
> 稽山无贺老,却棹酒船回。

全诗的魂,唯一个"情"字。寥寥数语而情思浓烈。

第六章　诗啸江湖，十二载

从四明山下来，他并没有被伤情所困、沉沦或颓废，而是目光坚定，再次踏上漫长路途，登临了天台山。

天台山脉是浙江中东部的脊梁，横亘于余姚、慈溪、新昌、嵊州、天台及宁海之间，周遭八百里，高耸入云，其主峰华顶，凌驾于群峰之上，东临大海，海天一色，是观海的绝佳之地。

清晨，李白登临华顶峰远眺。海浪澎湃波澜壮阔，天际大鹏展翅如云垂天，海中巨鳌翻腾激荡起三山之浪，风涛阵阵变幻莫测，实为天下奇观。身处天台圣地，李白遥望烟波浩渺中的海上仙山，想象着攀摘仙果、炼服仙药、羽化成仙，亦是一种光明的人生。司马承祯、吴筠不是在此修道有成，受君王召见吗？他们是李白的楷模。如他们所言，修道学神仙与入世建功业并无矛盾，神仙之道，人人可学，非遥不可及。

在《天台晓望》中，李白吟道："……安得生羽毛，千春卧蓬阙？"

再之后，李白回到金陵，寓居两年，仍旧是常登高望远，怀古抒怀。他在金陵创作了八十多首诗，题材丰富，涵盖歌吟、赠答、送别等。然放眼古都，昔日辉煌不再，人事皆非。即便想要泛舟饮酒，也不再是昔日金陵的豪情。昔日挥金如土、广交名流、纵酒狂歌的日子已逝，从陆机故宅到望远楼，再到盛宴畅饮，都已成往昔。

往昔的他，观夕阳也是一景，而如今，夕阳映照的却是己心。纵使凭栏远眺，风物长宜放眼量，看似江山依旧，心境与以往，到底已大不同。

7. 五十岁的诗与思

这日，在金陵古道旁，李白竟然偶遇崔成甫，二人惊喜交加。

他们昔日在翰林院同窗共读，情谊甚笃。

崔成甫因韦坚案遭贬至湘阴，如今因公差来金陵，与李白重逢，旧友相见，感慨万千。

之后，在金陵古刹里，他们多次相聚，交流各自的经历。崔成甫担忧地告诉李白，自从杨玉环成为贵妃，她的家族便迅速崛起，多位亲属获得高官厚禄。宫廷奢侈之风日盛，为杨贵妃一人制作衣物需要数百工匠劳作。她喜爱荔枝，皇帝便命快马昼夜运送，途中不乏人马疲累甚至死亡。

他还向李白感叹，今日的宫廷已非昔日的清雅，今日的朝堂已非昔日的清明。皇上沉迷于奢侈和享乐，荒于朝政，将国事尽托于李林甫。李林甫掌权后，横行霸道，肆意妄为，阻塞贤路，排斥异己，迫害忠良，冤案频发。尽管玄宗帝有意选拔人才，李林甫却故意设置难题，使所有应试者都落榜，还上表称贺曰"野无遗贤"。

李白闻听，心中忧愤愈加交织，痛苦万分。

当然，他也并未在失望的深渊中沉沦，而是逐渐越过迷惘、无奈与痛苦，振作起来，趋向理性与冷静，开始反思朝政的弊病，审视开边战争的是非得失。深思之下，他更感国家危机重重，立时自问：怎能再沉迷于自我麻醉，超然于世事之外？

此一刻，他如凤凰涅槃，决心以笔为刀剑，发表己见，陆续创作出一系列立场鲜明、震撼人心的诗作，直击时弊。如《古风》其五十一：

> 殷后乱天纪，楚怀亦已昏。
> 夷羊满中野，菉葹盈高门。
> 比干谏而死，屈原窜湘源。
> 虎口何婉娈，女嬃空婵娟。
> 彭咸久沦没，此意与谁论？

这些激昂的诗啸，是李白对国家命运的深切关怀与积极作为。他以诗作剑，以声为号，冀望能唤醒皇上的痴迷不悟，唤起民众的觉醒，唤回来这个国家的希望。因为只有觉醒才能带来改变，只有改变才能迎来新生。

这日午后，南风轻拂，李白站在窗前，看着窗外的桑叶翠绿欲滴，吴蚕已三眠，思念着身在东鲁的孩子们和家中的春耕。他想象着邻里或远亲可能正在耕种他那片龟山北的田地。他仿佛看到自己种的桃树已经长得和酒楼一样高，女儿平阳在桃树下，伸手折下一枝桃花，倚在桃树旁，思念着父亲，泪水滴落在花瓣上。儿子伯禽也许已经和姐姐一样高，姐弟俩在桃树下期盼父亲归来。刹那间，李白心痛如绞，在愧疚和思念中，含泪写下《寄东鲁二稚子》。后来于夏日，他又在《送萧三十一之鲁中，兼问稚子伯禽》一诗中，写下"我家寄在沙丘旁，三年不归空断肠"之句。

他已离家三年。

接着在《雪谗诗赠友人》中，李白反思往昔，感慨"五十知非，古人尝有"，借用《淮南子》中蘧伯玉年五十而知前非之事，表达对往昔沉溺繁华名利，虚度光阴，至知天命之年方才悔悟，从而言"立言补过，庶存不朽"，愿能以文补过，以期达到不朽。

或许，正是在此刻，李白开始将诗歌视为至高的追求，因为他对自己的诗赋文章充满信心。

就像在这首诗中，李白以其深刻的反省和对文学的热爱，编织出不朽的诗篇。他虽功名未就，却在文字中铸就了不朽。这种转变，是对命运的接纳，对文学价值的领悟。

第六章　诗啸江湖，十二载

天宝九载（750），李白重返梁园，与宗楚客的孙女宗煜结为伉俪。

这段良缘，来自"千金买壁"的佳话。几年前，李白与杜甫、高适同游梁园时，三人在园中畅饮，酒酣耳热之际，都以梁园为题，挥毫泼墨，在墙壁上留下了诗篇。

他们离去后，梁园僧人走过来，看到墙壁上的墨迹，本欲清洗，却被突然进来的宗煜阻止。她读了李白的《梁园吟》，为其才华所惊，不忍佳作消逝，遂慷慨解囊，以千金购下这面墙壁，后来，成就了这段姻缘。

虽然在武周和中宗时期，三次拜相的宗楚客，声名狼藉，但其孙女宗煜，不仅才情出众，更是音律高手，善于操琴，是梁园中人人称赞的佳人。

她与李白的结合，是才子佳人的天作之合，是两颗心的情深意笃、心心相印。她是李白生命中最后一位正式的妻子，伴随李白走过人生的最后坎坷。在宗煜之前，李白虽与刘氏同居，又与鲁地女子结缘，但都非正式的婚姻。与宗煜的结合，让李白在人生晚年，得到一份珍贵的慰藉与陪伴。

李白的这第二次婚姻，与初婚无异，也是入赘。

他依然非常看重宗煜的出身，在其诗作中，多次提及宗家昔日的显赫与荣耀，如《自代内赠》中有诗句云："妾家三作相，失势去西秦，犹有旧歌管，清凄闻四邻。"

但是，李白入赘宗家，也只是过了段短暂的安宁时光，便不得不离开，似有隐衷，难以久居宗宅。

在宗宅，李白仅为客，宗家不是其家，故李白才称自己为"客梁园"者。

即便宗煜曾随李白隐于庐山，可惜后来爆发了安史之乱，将李白卷入战乱的旋涡，颠沛流离。又因永王李璘，李白被囚禁，被下狱，尽管宗煜竭尽全力营救，李白还是被判流放夜郎。

不过，彼时的李白，年过半百，人生阅历深厚，世态洞察透彻，创作力惊人。虽然随着开元盛世的落幕，他的诗风亦非昔日豪放，但内涵更加丰富，思考更加深广，如同一位历经沧桑的智者，既有对往昔盛世的深情追忆，也有对现实变迁的深沉感慨。

8. 幽州的胡马客

天宝十载（751）的一天，李白忽然收到友人何昌浩的邀请信。

何昌浩时任安禄山的判官，安禄山广揽文士以扩大势力。李白心知何昌浩的邀请并非出于个人意愿，因此收到信后，他辗转深思，夜不能寐。

第六章　诗啸江湖，十二载

至天明，由来已久的拳拳报国心，以及对安禄山的幻想，促使李白决意赴幽州。毕竟他自幼文武兼修，怀抱着"书剑许明时"（《别匡山》）的志向，然岁月蹉跎，年过半百，书剑两无成。眼瞅着，辅君济世的希望渐行渐远，或许投笔从戎，赴沙漠中拼杀一番，方能建立功业。他遂回复何昌浩以《赠何七判官昌浩》：

> 有时忽惆怅，匡坐至夜分。
> 平明空啸咤，思欲解世纷。
> 心随长风去，吹散万里云。
> 羞作济南生，九十诵古文。
> 不然拂剑起，沙漠收奇勋。
> 老死阡陌间，何因扬清芬。
> 夫子今管乐，英才冠三军。
> 终与同出处，岂将沮溺群？

在这首赠诗中，李白坦承自己内心的挣扎和决断。他不愿像汉代的伏生那样，仅仅作为一名埋头书卷的儒生，终老于田野阡陌，而是决意拂剑而起，奔向塞漠，去创建奇世功勋！

宗煜闻之，坚决反对，可李白不听，她只得满怀忧虑，目送他起程北上幽州。

天宝十一载（752），十月，北风肆虐，大雪纷飞，天地一片昏天暗地，李白抵幽州。

幽州，古称九州之一，亦汉时十三刺史部之重镇，地跨今之河北、北京、天津北部，为战略要地。

此一刻，李白双脚踏在这片边陲之地，风雪扑面，迷了眼，他举手遮眼。忽闻马蹄声渐近，转眼间，数匹烈马踏雪而来，为首的壮士，身着胡服，头戴虎皮冠，腰悬寒光弯刀，背负箭囊，箭镞森森。一双碧眼，犹如猛虎之瞳，锐利无比地盯着李白。

李白心中微震，却见那粗犷彪悍的壮士刹那间绽放出笑容，拂去箭囊上的雪花，笑意也变得意味深长，令李白心生感慨地吟哦道："幽州胡马客，绿眼虎皮冠。笑拂两只箭，万人不可干……"（《幽州胡马客歌》）

紧接着，又有数匹骏马风驰电掣般疾驰而过，马上的人回首一瞥，李白心中大惊，原来是几位女子骑于马上，她们面若红玉，晶莹剔透，神态自如，翻飞如男儿，英姿飒爽，笑声悦耳。李白顿时心中赞叹："妇女马上笑，颜如赪玉盘"（《幽州胡马客歌》）

"太白兄！"

呼唤声中，李白凝神望去，只见何昌浩踏雪而至，二人相视一笑，并肩而行。

第六章 诗啸江湖，十二载

李白边走边望，只见奔驰在风雪中的胡族壮士们，动人心魄。何昌浩见此，笑道："太白兄，这风雪中的壮士，可曾触动你诗心？"

李白微微颔首，眼中掠过一抹灵光，心中《幽州胡马客歌》的诗句已悄然酝酿成形。

这天，马嘶风啸，壮士们雄心勃勃，酒足饭饱后，策马扬鞭，奔向郊外狩猎。他们挥鞭如风，弯弓似月，箭无虚发，一箭穿空，射落双枭的高超技艺，威震沙漠。他们虽不识字，却以游猎之技，建功立业，报效国家。而李白，只能默默承受怀才不遇的悲哀，愈思愈愤，对边将贪功、人主好武的现状，愤愤不平地吟下了《行行且游猎篇》：

边城儿，生年不读一字书，但知游猎夸轻趫。
胡马秋肥宜白草，骑来蹑影何矜骄。
金鞭拂雪挥鸣鞘，半酣呼鹰出远郊。
弓弯满月不虚发，双鸧迸落连飞髇。
海边观者皆辟易，猛气英风振沙碛。
儒生不及游侠人，白首下帷复何益！

这分明就是群虎狼之师，兵刃林立，战马齐备。

很快，李白便察觉，安禄山以巧言令色、钻营手段，博得唐玄宗的宠信，手握重兵，以拓土开疆为名，不断挑起边境战事，邀宠军功，给当地军民带来深重灾难。而且，安禄山还以幽州为据点，秣马厉兵，这里俨然已成为他统治的独立王国。

形势已很危急。

唐玄宗却依旧沉溺于安乐，对危机浑然不觉，反而倚重藩将，误信奸佞，凡有告发安禄山者，皆被送往幽州，死无葬身之地。如今，朝廷内外无人敢言。而李白本为效国忠君，为立功而赴边，岂能负了这效忠的恩？他不禁痛惜，却又无计可施，任凭一颗炽热的报国心凄凄凉凉地损落。

这天午后，李白泪眼蒙眬，忍不住跑到当年燕昭王为招募贤才而筑的黄金台遗址上，仰天长叹，哀悼燕昭王不能复生，贤士无门报国，伤心自己的无用，不由得泪如雨下，痛哭失声。

哭过后，再抬头四望，北风怒号，飞雪漫天，满目悲凉，令李白痛苦又绝望。因为这年的十一月，权相李林甫去世，玄宗擢杨国忠为左相兼文部尚书，朝政上的事尽皆交给了杨国忠，自己继续着醉生梦死的享乐。

李白无奈地借用思妇的口吻，写下了《北风行》：

烛龙栖寒门，光耀犹旦开。

日月照之何不及此，惟有北风号怒天上来。

第六章　诗啸江湖，十二载

> 燕山雪花大如席，片片吹落轩辕台。
> 幽州思妇十二月，停歌罢笑双蛾摧。
> 倚门望行人，念君长城苦寒良可哀。
> 别时提剑救边去，遗此虎文金鞞靫。
> 中有一双白羽箭，蜘蛛结网生尘埃。
> 箭空在，人今战死不复回。
> 不忍见此物，焚之已成灰。
> 黄河捧土尚可塞，北风雨雪恨难裁。

这首古诗，借北方妇女的悲惨遭遇，揭露并控诉了安禄山挑起战争的罪恶。诗中笔墨酣畅，情感奔涌，迸发如江河流泻，势不可挡，将国难临头的急迫，惊心动魄地展现。诗末"黄河捧土尚可塞，北风雨雪恨难裁"，看似突兀，实则如火山喷薄、江河溃堤，震撼人心，痛斥皇上养虎为患。

然而，无人回应。

入夜，李白孤寂地望向夜空，远处笳声悲凉，长夜漫漫，寒气袭人，让李白愈发感到凄怆。想起往昔征服匈奴的惨烈和悲壮，仿佛目睹白刃上流淌着赤红的鲜血，染红了茫茫流沙，遂以惊秋的笔调写下："……旄头四光芒，争战若蜂攒。白刃洒赤血，流沙为之丹。名将古谁是，疲兵良可叹。……"（《幽州胡马客歌》）

因为匈奴的惨败虽已远去,但幽燕胡儿们如今的蠢蠢欲动,杀气腾腾,令李白忧心如焚,担心一场战乱或许即将发生,王朝大厦会因此倾覆。

战乱若起,百姓必将遭受无尽的动荡与苦难,李白怎能不为之怆然心痛。

这一切都加剧了痛苦,他惴惴不安地在幽州徘徊两月有余,日益望着乌云压顶,清醒地意识到此地非报国之所。乱世将临,诗文何用?又恰逢安禄山入京,李白未与之谋面,也无意再见,便决意离去。

到岁末,李白找了个借口,向何昌浩辞行。

之后,迎着漫天风雪,他孤身一人,悄然离开幽州,返回梁园。

他的憧憬又一次落空。

9. 独坐敬亭山

天宝十二载(753),秋,李白从梁园起身,南下宣城。

宣城,古称宣州,是唐代宣州郡治之所,依陵阳山而建,城门高耸于山巅之上。城内溪水环绕,碧水青山,相映成趣。敬亭山横亘其间,山势蜿蜒曲折,云雾缭绕,林木葱郁,山谷幽深。这里自古便是名邑上郡的肥沃之地,居天下之中,控制

第六章　诗啸江湖，十二载

着荆吴。

对于一生酷爱游历名山的李白来说，怎能不心驰神往？

何况宣城还有李白仰慕的南齐诗人谢朓。谢朓曾为宣城太守，李白常言"一生低首谢宣城"，其诗作中曾多次提到谢朓，如"解道澄江净如练，令人长忆谢玄晖""蓬莱文章建安骨"，足见其敬仰之情。

李白到宣城后，栖居于敬亭山下。

他就是奔着敬亭山而来，曾在《寄从弟宣州长史昭》中书"尔佐宣城郡，守官清且闲。常夸云月好，邀我敬亭山"。

敬亭山，本名昭山，坐落宣城之北。南齐时期，诗人谢朓在此地筑了一个敬亭，常登临赋诗，故山以亭名。山的东面，宛溪句溪环绕，山的南面可俯瞰宣州城的壮丽城垣，山中岩壑幽深，为近郊的名胜之地。

李白极其仰慕谢朓，故敬亭山亦是其心之所向。

这次来到宣城，得以栖于敬亭山下，仿效谢朓，在山下搭茅屋，筑庐而居，宛若与昔时的谢朓无异，遂了他长久以来的夙愿。

谢朓，字玄晖，南齐时期出身名门的文学家，与谢灵运同族，被世人称为"小谢"。他自建元四年（482）起担任多个官职，以卓越的文学才华受人尊敬，以清新脱俗的山水诗著称，对后世特别是唐诗产生了深远影响。建武二年（495），他

李白传

出任宣城太守，诗歌创作达到新的高度，因此有"谢宣城"的美誉。然而，东昏侯永元元年（499），谢朓却在仕途上遭遇不幸，被诬陷后冤死狱中，年仅三十六岁。

李白深爱谢朓诗，甚至赞叹谢朓之诗能令他搔首问天，恨不能携其惊人之句。

谢朓在宣州任太守时，钟爱敬亭山，曾赋诗"兹山亘百里，合沓与云齐"（《游敬亭山》）来描绘敬亭山的壮丽，又留"余霞散成绮，澄江静如练"（《晚登三山还望京邑》）的诗句，被李白频频吟咏，赞不绝口。

敬亭山是因谢朓而名扬四海，吸引无数文人墨客，千百年来，吟哦不息。

李白亦步其后尘，循谢朓的足迹，游历宣城，作诗八十二首，其中敬亭山之咏就有二十一首。

这天傍晚，在敬亭山下搭好茅屋，李白便仿效谢公，蹒跚登山，仰望清秋明月，俯瞰山下，见鸳鸯戏水，成群结队，争相觅食，鸣叫跳跃，别有一番情趣，遂创作了《游敬亭寄崔侍御》：

　　我家敬亭下，辄继谢公作。
　　相去数百年，风期宛如昨。
　　登高素秋月，下望青山郭。

第六章 诗啸江湖，十二载

> 俯视鸳鸯群，饮啄自鸣跃。
> 夫子虽蹭蹬，瑶台雪中鹤。
> 独立窥浮云，其心在寥廓。
> 时来一顾我，笑饭葵与藿。
> 世路如秋风，相逢尽萧索。
> 腰间玉具剑，意许无遗诺。
> 壮士不可轻，相期在云阁。[1]

这一刻，即便历经沧桑，饱受流离之苦，李白终得一处宁静之所，内心仍波澜壮阔，壮志未泯，他深信，腰间的玉剑，终将有朝一日为国效力，展其锋芒。

怀着殷殷的希望，李白日日独坐于敬亭山下，凝望出神，观望着鸟儿高飞，云朵悠然飘逝。天地间，唯敬亭山与他相视着，彼此不厌。

刹那间，一身无所归依的李白似乎觅得了知音，觅得了慰藉，情不自禁吟出千古绝唱《独坐敬亭山》：

> 众鸟高飞尽，孤云独去闲。
> 相看两不厌，只有敬亭山。

---

[1]《李太白全集》，(清)王琦注，中华书局，2018年版。

世人皆怜此诗中,深藏的孤独之痛。

孤独是人生的必经之路,就像虽败犹荣。

这首诗中,似乎全是景语,无一情语,然而,景为情所生,虽字字写景,字字亦含情,正如王夫之所言,是"情中景,景中情"。

情景交融的倾诉,如同永夜的叹息。

然而,一景一时一事,根本困不住他。

他在日复一日的叹息里,煎熬着,盼望着,消磨着日月光阴。

这天,李白的本家叔父——监察御史李华,奉命出使东南,途经宣城,特来看望他。

叔侄二人别离时,李白邀李华共登宣城陵阳山上的谢朓楼,把酒话别。谈及国事变迁,世事沧桑,李白顿时心绪难平,写下《宣城谢朓楼饯别校书叔云》(一作《陪侍御叔华登楼歌》),为从叔饯别:

> 弃我去者,昨日之日不可留。
> 乱我心者,今日之日多烦忧。
> 长风万里送秋雁,对此可以酣高楼。
> 蓬莱文章建安骨,中间小谢又清发。
> 俱怀逸兴壮思飞,欲上青天揽明月。

抽刀断水水更流，举杯消愁愁更愁。

人生在世不称意，明朝散发弄扁舟。

李白的这首送别诗，并不直言离别，天马行空，却全篇千古名句，堪称送别诗的巅峰之作。

诗开篇便如惊雷破空，直抒胸臆。尽管诗中充满忧虑和迷茫，却不显沉重，反显逸兴遄飞，壮志凌云，欲飞升九天，揽月高歌，暂忘尘世的烦忧。然理想与现实的差距令李白困惑，试图摆脱困惑却更加深陷。最终，他明白尘世烦恼非他所能解决，决定效仿范蠡，放下世俗束缚，泛舟江湖，远离尘世忧愁。

这首诗共九十二字，语言简练明亮、激昂，情感跌宕起伏，犹如江河波涛，瞬息万变。是李白内心矛盾和情感激荡的大爆发，成就了一种韵味深长、断续无迹的艺术效果，明代的评论家曾赞其"如天马行空，神龙出海"，誉其艺术成就的卓绝，成为不朽的文学典范。

10. 十七首歌秋浦

这天，饱览宣州山水的李白来到了秋浦。

秋浦，是一县名，以秋浦水得名，唐代属宣州后归池州，即如今的安徽贵池县。此地距池州西南七十里，长八十余里，宽三十里，四季景色如潇湘洞庭，为当地胜景。李白在此留诗七十余首，尤以《秋浦歌十七首》著称。

第一首便是写给秋浦水，诗云：

> 秋浦长似秋，萧条使人愁。
> 客愁不可度，行上东大楼。
> 正西望长安，下见江水流。
> 寄言向江水，汝意忆侬不？
> 遥传一掬泪，为我达扬州。

是呀，站在秋浦水畔，李白见水色萧瑟，宛如他的半世飘零，不忍眺望，迈步走向大楼山。立于山巅，西望长安，江水浩荡，便忍不住，情不自禁地问江水：可否还记得我？愿江水能带走我的泪水，寄给扬州的旧友。

扬州是北上长安的要道，李白要把忧国之泪寄往扬州，实为寄往长安。

这泪虽只一捧，却承载着他一生未酬的壮志。

他对长安的眷恋，生生不息。

至夜，猿啼声声，小黄山听了都会愁白了头，何况李白。他伫立在秋浦河畔，耳闻悲鸣，如陇水的哀曲，凄婉动人。他

第六章　诗啸江湖，十二载

本想短暂停留，却不料成了久滞，归期难料，不知何时才能重返故里？思及此，他泪如雨下，滴滴泪水凝成了《秋浦歌》其二：

秋浦猿夜愁，黄山堪白头。
清溪非陇水，翻作断肠流。
欲去不得去，薄游成久游。
何年是归日，雨泪下孤舟。

翌日晨起，李白惊见双鬓染霜，仅一宵之隔啊！就愁白了青丝，更堪那凄厉的猿啼，催得他满头白发，随风飘散，凌乱不堪。分明已是形容枯槁，白发苍苍的孤苦老人，不由愁肠百结地哀吟出《秋浦歌》其二：

两鬓入秋浦，一朝飒已衰。
猿声催白发，长短尽成丝。

至于，《秋浦歌》其十五：

白发三千丈，缘愁似个长。
不知明镜里，何处得秋霜。

破空而来的十个字,"白发三千丈,缘愁似个长",似火山爆发,全都压在了一个"愁"字上。

骇人心目的白发,竟然长达三千丈,令人难以置信,怎会有如此之长?然而,当读到下一句"缘愁似个长",直被震撼,这是何等沉重的忧愁啊!

如此惊心动魄的想象力与笔力,不能不使人惊叹!而如此愤激与痛切的烈愁,从何而来?"不知明镜里,何处得秋霜"的一个"得"字,直接贯彻了诗人半生所遭受的排挤压抑,以及其未能实现的雄心壮志。

写这首诗时,李白已五十多岁,壮志未酬,岁月蹉跎,人已老去的痛深刻而刺骨。当他对镜自照,目睹白发苍苍,悲愤交加,再以这种匪夷所思的奇句,流传下来,让世间的人,都被其刻骨的苦痛所感。

当然,除却满怀愁绪,李白饱览了逻人矶、江祖潭的山水之美。

当舟行碧波,山花的香气拂面而来时,他心醉神迷。

当看到稀世的锦驼鸟、耸立于清溪河畔的巨石江祖。千年的题诗犹在,绿字上长满了苔藓,以及石楠树和女贞林林立两岸,翠影婆娑。当看到秋浦河畔的月色如水,白鹭点水,夜影翩跹,一阵采菱女夜归时的歌声悠扬入耳。目睹着田家渔舟,划船采鱼,农妇在竹林中结网,捕捉白鹇水鸟。更有秋浦冶炼工场中的炉火，映照天地，红星闪烁于紫烟中的瑰丽，工人们在劳作中的高歌，声震云霄，豪情万丈。

唉，纵使这美景与民风为他带来慰藉，也是片刻，难以持久，难以消解他心中的忧虑和哀愁，正如他在《秋浦歌》其六中所吟："愁作秋浦客，强看秋浦花。"

所以到最后，他还是黯然地与山僧告别，遥向白云作揖而去。

但是这组《秋浦歌》，字字珠玑，句句含情，都是李白的情真意切，都是李白的神来之笔，为世间留下一份深入骨髓的哀愁、一幅奇俊的秋浦风光卷。且这组诗深入民间，讴歌当地劳动人民的勤劳生活，在我国诗歌史上实属罕见，使得秋浦的自然风光更添生活气息、人文风情，也更深刻映照了李白对世间冷暖的细微感悟。

11. 命名九华山

在宣州生活的三年间，李白的足迹遍布宣州各地。

这天，他漫游至南陵（今安徽铜陵），于铜官山设宴，畅饮谈笑，衣袖轻扬，长啸歌舞，为大家舞剑助兴间，吟了一阕《铜官山醉后绝句》：

李白传

> 我爱铜官乐，千年未拟还。
> 要须回舞袖，拂尽五松山。

好一句"拂尽五松山"，出乎意料，令人耳目一新。

五松山，原为无名的奇峰，山巅有一老松，五枝同根，苍劲如龙，翠盖蔽天。李白问其由来，乡老们不知，遂以五松名山，自此，五松山名扬江左。

李白深爱此地的清幽，认为其美景更胜沃洲山。山中风起洞壑，凉意袭人，四时如秋，风雨绵绵；山泉汇聚成流，泻入山下天井湖，涛声激荡，犹如长江三峡的气势。

他在山中流连忘返，游览了一整天，下山时天色已晚，山道幽暗，只好就近借宿到一荀姓农妇家。

农妇热情款待，为李白准备了一顿简朴晚餐，特地用素盘装好，恭敬地呈给李白。李白感动不已，再三致谢，看着月光下分外诱人的菰米白饭，又一次想起来那位在水边漂洗丝絮的漂母。想韩信能以千金报答漂母，可他呢？年已老，功业未竟。无法报恩的愧疚，让李白感激涕零间五味杂陈，难以下咽。

这一夜，李白在农舍中辗转难眠，听着邻家女子整夜的舂米声，想着苦寒的农家生活，想着一路上目睹田间劳作的艰辛，含泪写下了《宿五松山下荀媪家》：

第六章 诗啸江湖，十二载

> 我宿五松下，寂寥无所欢。
> 田家秋作苦，邻女夜舂寒。
> 跪进雕胡饭，月光明素盘。
> 令人惭漂母，三谢不能餐。

天色微明后，李白满怀感激，辞别了农妇家。

是日，李白结识了南陵县丞常建，两人一见如故，很快成为推心置腹、倾诉衷肠的好友，一起携手同游五松山，一起到凌歊台上开怀畅饮。

在一次饮酒间，常建放下酒杯，问李白："你游历四方，见识广博，心中必有不凡之事，可否与我分享一二？"

李白闻言，微微一笑，起身走到凌歊台边，远眺山川，倾吐他胸中的块垒与抱负。常建静静地听着，频频颔首，他既同情李白的遭遇，亦钦仰其才情与胸襟。

二人坦诚相见，畅谈良久，正如李白所言，"远客投名贤，真堪写怀抱"。(《于五松山赠南陵常赞府》)接着，他又为常建创作了酣畅的《书怀赠南陵常赞府》。

然后，秋色日渐变深，冬寒袭来。

李白依旧在路上，步履不停。

这天，李白应青阳县令韦仲堪的邀请，去游览九华山。

李白传

九华山位于青阳县，群峰起伏，其中一峰突起，余峰环绕，宛若群星捧月，景色奇秀。当地居民因见九峰并峙，高耸入云，故称之为九子山。

然而，李白与同行的几位友人都觉得"九子山"之名太俗，便商议另起雅名。李白遥望九峰凌云，状如九朵水莲花，遂提议名为"九华山"。众人听罢，齐声称赞。

李白在《改九子山为九华山联句并序》中，也记叙了此事。

从山上下来，李白与数位雅士，又于山下的夏侯氏宅邸内，把酒言欢，联句赋诗，将九华山的秀丽风光描绘得淋漓尽致，令其景致愈发光彩夺目。

自此，九华山声名远扬，吸引众多游客慕名而来。

李白对此也颇为自得，其后更有《望九华山赠青阳韦仲堪》之作，云：

> 昔在九江上，遥望九华峰。
> 天河挂绿水，秀出九芙蓉。
> 我欲一挥手，谁人可相从？
> 君为东道主，于此卧云松。

他甚至想约东道主韦仲堪同隐九华山。

第六章　诗啸江湖，十二载

这日午后，李白正和韦仲堪讨论时，有人送给他一封信，署名汪伦，信曰："先生好游乎？此地有十里桃花。先生好饮乎？此地有万家酒店。"

李白心向往之，欣然赴约。

到达时，远远迎过来的汪伦笑道："桃花者，潭水之名，并无桃花。万家者，乃店主之姓，非有万家酒店也。"李白听罢，大笑不已。

原来汪伦曾任县令，任满辞官后居住在桃花潭，得知李白游历四方的足迹即将到来，便书信一封邀他前来桃花潭。

他们一同游览了桃花潭及其上游的名胜，如逻浮潭、三门六刺滩等地。这天，李白要走时，汪伦和附近村民"踏歌"到渡口来送，李白感动之余，即兴吟出绝句一首《赠汪伦》：

李白乘舟将欲行，忽闻岸上踏歌声。
桃花潭水深千尺，不及汪伦送我情。

其间，李白也曾一度离开宣城，漫游金陵、广陵等地。在广陵，他偶遇魏万（魏颢）。魏万隐居于王屋山，极其崇拜李白，为了见李白，他从梁宋至东鲁，又遍访吴越之地，历经三季，跋涉三千余里，终在广陵与李白相遇。

两人一见如故，情投意合，遂同舟共游秦淮、金陵。

李白传

当时"身着日本裘"的魏万告诉李白,他身上这件裘衣是用朝衡(晁衡)所送的东瀛布做的,可惜晁衡在归日本途中遇暴风,传闻溺海而逝。李白闻之,十分震惊而悲痛,立即写了首悼念诗《哭晁卿衡》:

日本晁卿辞帝都,征帆一片绕蓬壶。
明月不归沉碧海,白云愁色满苍梧。

晁衡,又名朝衡,本名阿倍仲磨,日本奈良时代的遣唐学子,因酷爱中华文化,学成未归,留大唐朝廷任职。天宝十二载(753),晁衡奉命随遣唐使归国,自扬州启航,途中遇风暴,船只失散,漂流至安南,同伴多遇难,晁衡幸存,后重返长安,继续仕途。当时误传晁衡溺亡,李白在翰林院时与晁衡有交往,闻噩耗,即作悼亡诗。虽晁衡未遭不幸,但李白此诗却成为中日友好的见证。

与魏万相识后,李白对魏万寄予厚望,将手头所有文稿交给他,委托其编辑文集。

临别之际,李白又作《送王屋山人魏万还王屋并序》长篇相赠,魏万亦不负此情,作《金陵酬翰林谪仙子》以答。

他们别后不久,安史之乱爆发。

自此,两人再没见面。

第六章　诗啸江湖，十二载

后来，魏万辑其遗作，撰序以记。在《李翰林集序》中，追忆了与李白的这次相遇：

颢始名万，次名炎。万之日不远命驾江东访白，游天台，还广陵见之。眸子炯然，哆如饿虎，或时束带，风流酝藉。曾受道箓于齐，有青绮冠帔一副。……颢平生自负，人或为狂，白相见泯合，有赠之作，谓余尔后必著大名于天下，无忘老夫与明月奴。因尽出其文，命颢为集。[1]

正如金涛声先生所说，这篇序文，是珍贵的文献，不仅记载了二人的深厚交情，更再现了伟大诗人李白的音容笑貌、服饰装束及性情习惯，只见其目若朗星，炯炯有神，开眼之际，宛如饥虎般凌厉，身着青绮冠帔，间或束带，更显得风姿绰约，风度翩翩，才华横溢，自负而狂放。

---

[1] 《李太白诗传》，金涛声著，巴蜀书社，第161页。

第七章　大唐挽歌，错付身

1. 避乱剡中

天宝十四年（755），十一月初九，时任范阳、平卢、河东三镇节度使的安禄山，率领麾下唐兵及同罗、奚、契丹、室韦等部族联军十五万，号称二十万，以"忧国之危""奉密诏讨伐杨国忠"为名，悍然发兵叛乱。

安史之乱爆发后，叛军一路势如破竹，攻陷洛阳。

次年正月初一，安禄山在洛阳自封"大燕皇帝"，改元"圣武"，任命百官，建立起叛乱政权。

到这一刻，盛唐的繁荣气象，戛然而止，一去不返。

大唐王朝狼烟四起，烽火连天，百姓匆匆逃亡，生灵涂炭。

李白在金陵听到消息时，即便早有预料，仍十分震骇。当时夫人宗煜还在梁园，子女则在东鲁。他急忙北上，去接家人，并将他在北上梁园途中的所见所感，记录在《北上行》之中。

沿途，李白目睹了来自幽州的滚滚烟尘，遮天蔽日。烽火漫天，战云密布，叛军的铁蹄横扫黄河两岸，东都洛阳也已沦陷。

人们纷纷企图翻越太行山，寻求北上，然而山道险峻，山崖峭壁，行路之难，甚于登天。马蹄时常被山路上的侧石所绊，车轮亦常被崎岖的高岗颠簸至摧折。冰天雪地间，人们衣不蔽体，饥寒交迫，乃至以露为饮，以草木为食。

李白不禁悲从中来。

日夜焦虑的李白，穿行在流离失所的百姓间，历经千辛万苦，终于抵达梁园，见到夫人宗煜。

然而，当他们仓皇出逃时，看到眼前是一群叛军，原来已进入叛军所占领的区域，南归无望。

无奈之中，李白觉得自己如苏武被困匈奴、田横被困海岛，满面愁容，不得不换上胡服，趁着苍茫月色，冒险奔赴长安，希望能速至长安，觐见玄宗，献上自己的灭敌良策。

然而，乱世的风云变幻莫测，他还未抵达长安，形势已急转直下。

第七章　大唐挽歌，错付身

李白心急如焚，却又一筹莫展。

他们只得向西逃亡，穿过函谷关。然函谷关以东亦已为叛军所占。

李白双目含悲，恐惶惶地，不知该往何处。放眼望去，洛水悲咽，似易水之寒；嵩山寂寞，如燕山之远。路上的一个个行人，布满风沙的痕迹，中原的声音也渐被羌胡之声所取代。更堪那杜鹃悲啼，声声揪心。终于，他站在这破碎的山河间，无法抑制地大哭，哭至身心战栗，蹲在地上，无法移动。

哭过之后，落日下，他们继续逃亡。

及至登上华山，眼前的莲峰隐现于云雾之中，如梦如幻，宛若仙境。李白心中那股求仙问道的逸兴勃然而生，恍若望见仙子玉手拈花，步态轻盈，衣袂飘飘，升腾于九霄之外。

步上云台峰巅，更是如临梦境，仿佛有仙人邀约，与卫叔卿并肩，驾鸿雁遨游仙府。正当他心神荡漾，随着仙影飞向浩瀚天宇时，忽觉心神一颤，从幻梦中惊醒。他怎能忘怀这片土地的苦难？怎能在国难之际，独善其身，弃尘世而去？

蓦地，他幡然醒悟，摆脱了虚无缥缈的仙梦，目光如炬，再次投向了人间大地。

大地上，叛军肆虐，无辜的百姓正遭受屠戮，血流成河。

而那些逆臣贼子，却衣冠簪缨，封官进爵，坐了朝廷。

李白传

这一幕幕的惨烈，如利刃般刺破了李白幻想超脱的美梦，将他从仙界的缥缈中拉回悲苦的尘世。

一直以来，面对报国无门的苦闷，出世与入世的矛盾在李白心中激荡，令他挣扎不休，心境起伏，纠结于两极之间，创作出情感深沉，动人心弦的《古风》其十九：

> 西上莲花山，迢迢见明星。
> 素手把芙蓉，虚步蹑大清。
> 霓裳曳广带，飘拂升天行。
> 邀我登云台，高揖卫叔卿。
> 恍恍与之去，驾鸿凌紫冥。
> 俯视洛阳川，茫茫走胡兵。
> 流血涂野草，豺狼尽冠缨。

这首诗，见证了李白从超然物外的"诗仙"落入尘世，转而成为记录时代沧桑、关注时局的伟大诗人，将昔日的那些理想高歌，变为对现实的控诉，对国家兴亡、民生疾苦的挂念与深思。

之后，度过一段风餐露宿、朝不保夕的艰难逃亡，最终，他们辗转回到宣城。

第七章　大唐挽歌，错付身

《奔亡道中五首》，就是这次逃亡经历的纪实之作。

不久，他们准备前往越中避难，然而爱子伯禽尚在东鲁，令李白日夜忧心。

恰逢门生武谔来访，得悉李白的忧虑后，便决然表示愿往东鲁去接伯禽。

李白闻之，心中一震，激动地握着武谔的手，再三叮嘱道："武谔，此去路途多舛，务必谨慎，务必小心。"

武谔颔首应允。

满怀感激的李白遂提笔写下《赠武十七谔并序》：

门人武谔，深于义者也。质木沉悍，慕要离之风，潜钓川海，不数数于世间事。闻中原作难，西来访余。余爱子伯禽在鲁，许将冒胡兵以致之。酒酣感激，援笔而赠。

马如一匹练，明日过吴门。乃是要离客，西来欲报恩。
笑开燕匕首，拂拭竟无言。狄犬吠清洛，天津成塞垣。
爱子隔东鲁，空悲断肠猿。林回弃白璧，千里阻同奔。
君为我致之，轻齑涉淮源。精诚合天道，不愧远游魂。

2. 四十余天永王府

天宝十五载（756），春，李白夫妇前往剡中避乱。

六月，叛军直逼长安。乙未日黎明，玄宗携杨贵妃及其姐妹、皇子、皇孙、公主、妃嫔，以及杨国忠、韦见素、魏方进、陈玄礼等重臣和近卫，从延秋门仓皇出逃，踏上了逃亡之路。

行至马嵬坡，六军将士兵变，杀死杨国忠，缢杀杨贵妃。

大受打击的玄宗与太子李亨于马嵬驿分道，玄宗向南赴四川，李亨向北收拾残兵败将。

七月，玄宗在奔蜀途中颁布诏令：命太子李亨为天下兵马元帅，肩负起收复长安与洛阳的重任；同时，封永王李璘为山南东道、岭南、黔中、江南西道四道节度采访使及江陵大都督，负责经营东南一带。

然而，玄宗不知，在他下诏前三日，太子李亨已在灵武即位，改年号为"至德"，并尊奉玄宗为太上皇。

秋日，李白闻讯，心生悲戚。他本怀抱报国之志，却苦无门路，才不得不收敛自己的抱负，仿若鲲鹏收翼，学习玄豹隐于南山，遁迹于剡中，远离尘世战乱的祸害。如今，听到长安陷落，玄宗逃亡蜀中，李白心急如焚，胸中匡扶社稷的烈焰又

第七章　大唐挽歌，错付身

汹汹燃起。

随即，他不顾兵荒马乱，返回金陵，继而沿江而上，隐于庐山屏风叠，避乱待时。

到岁暮的一天，站在屏风叠的李白看到了缓缓而来的韦子春。

韦子春是李白的故交，曾任玄宗朝秘书省著作郎，如今，他奉永王李璘之命，上庐山拜访，邀请李白入幕永王府。

永王李璘，是唐玄宗的第十六子，曾受玄宗诏命，被任命为江淮兵马都督、扬州节度大使，招募数万将士，得李台卿等谋士将领的支持，计划东下长江，收复金陵。

对永王李璘的征召，宗煜极力反对，一时间，令李白犹豫不决。

然而，当韦子春三度登门劝说，终使李白心动，决定投笔从戎，参与平定安史之乱。

至德二载（757），春，李白下山，准备西去江陵投奔永王。那日清晨，薄雾轻笼，山色空蒙，李白轻装出发，宗煜忧虑不舍，担心他行事单纯，拽着他的衣襟，不想让他走，却到底拽不住他，只得问他何时能回来。

李白知道，此行非同小可，不能让宗煜太过担忧，立时微微一笑，故意用苏秦的故事来安慰她，俏皮地说："若我佩着黄金印归来，你不会因我是南俗之人而轻视我吧？"

宗煜闻言，破涕为笑，道："夫君，你总是这般风趣，让我如何能不为你牵肠挂肚？"

她轻轻拭去眼角的泪珠，捏着李白留下来的《别内赴征三首》，目送着李白下山而去。

李白至浔阳（今江西九江一带），见到东巡的永王。

永王为给李白接风，大摆筵席。宴上群贤毕至。有那么一瞬间，李白感觉如登黄金台，心旷神怡。他回忆起自己几十年的草野生涯，一直携带龙泉宝剑，现在终于有了用武之地。立时，即兴赋诗《在水军宴赠幕府诸侍御》：

月化五白龙，翻飞凌九天。
胡沙惊北海，电扫洛阳川。
虏箭雨宫阙，皇舆成播迁。
英王受庙略，秉钺清南边。
云旗卷海雪，金戟罗江烟。
聚散百万人，弛张在一贤。
霜台降群彦，水国奉戎旃。
绣服开宴语，天人借楼船。
如登黄金台，遥谒紫霞仙。

第七章 大唐挽歌，错付身

> 卷身编蓬下，冥机四十年。
> 宁知草间人，腰下有龙泉？
> 浮云在一决，誓欲清幽燕。
> 愿与四座公，静谈金匮篇。
> 齐心戴朝恩，不惜微躯捐。
> 所冀旄头灭，功成追鲁连。

这首诗，是李白面对永王及其幕府侍御的慷慨陈词，愿与诸公共商大计，同心协力，报效朝廷，即便血染沙场，亦在所不辞。他期望早日平定叛乱，功成身退，效仿鲁仲连，不图名利，只求国家和平繁荣。

诗毕，立时博得幕僚们的齐声喝彩，与当时的盛况相得益彰。

接着，李白随永王东下金陵时，一路高歌地写下《永王东巡歌十一首》。

其一：

> 永王正月东出师，天子遥分龙虎旗。
> 楼船一举风波静，江汉翻为雁鹜池。

其二：

三川北虏乱如麻，四海南奔似永嘉。

但用东山谢安石，为君谈笑静胡沙。

其三：

雷鼓嘈嘈喧武昌，云旗猎猎过寻阳。

秋毫不犯三吴悦，春日遥看五色光。

其四：

龙盘虎踞帝王州，帝子金陵访古丘。

春风试暖昭阳殿，明月还过鸤鹊楼。

其五：

二帝巡游俱未回，五陵松柏使人哀。

诸侯不救河南地，更喜贤王远道来。

其六：

丹阳北固是吴关，画出楼台云水间。

千岩烽火连沧海，两岸旌旗绕碧山。

其七：

王出三江按五湖，楼船跨海次扬都。

战舰森森罗虎士，征帆一一引龙驹。

其八：

长风挂席势难回，海动山倾古月摧。

第七章　大唐挽歌，错付身

君看帝子浮江日，何似龙骧出峡来？

其九：

祖龙浮海不成桥，汉武寻阳空射蛟。

我王楼舰轻秦汉，却似文皇欲渡辽。

其十：

帝宠贤王入楚关，扫清江汉始应还。

初从云梦开朱邸，更取金陵作小山。

其十一：

试借君王玉马鞭，指挥戎虏坐琼筵。

南风一扫胡尘静，西入长安到日边。

李白深信永王能平乱复国。诗中，他将永王的军队比作神兵，所向披靡，叛军溃败，百姓欢腾。如其开篇所写"永王正月东出师，天子遥分龙虎旗"，展现了永王奉命出征的宏伟壮观。诗中又以"楼船一举风波静，江汉翻为燕鹜池"，描绘其军威震天，势不可挡，连自然也为之退让的英姿。对永王智慧与胆略的无限信心，使李白信心满怀，仿佛谢安再世，谈笑间便可扫清狼烟。而他自己，决心在这伟大的征程中，贡献自己的绵薄之力，哪怕是借来君王的玉马鞭，也要在琼筵之上，指点江山，激扬文字。

然而，李白对皇室纷争知之甚少，其理想虽高洁，却难以实现。但他那白发丹心的爱国热忱与英雄气概，凝于诗行，穿越千年，仍旧熠熠生辉，激励着后人，启迪着后世。

李白的诗，是艺术，是情感，更是历史与理想。

他把这次投身永王幕府的平叛事业，作为自己东山再起的良机，冀望能一展宏图。却不知，在他以满腔热血、豪情万丈地为永王颂歌时，已身不由己，陷入皇权斗争的旋涡。

肃宗李亨即位后，对掌管南方兵权的永王李璘心生疑虑，视其为割据之患，遂下诏命其回蜀中，陪伴玄宗。然而，李璘拒不从命，继续率军东巡，终遭李亨讨伐，双方交战，永王溃败。

刹那间，永王府的幕僚四散逃命。

李白仍追随永王南奔晋陵，直至赴鄱阳途中，方才恍然大悟，中道奔走，退居彭泽。回首自己精诚报国，志在平定叛乱，收复国土，却不料陷入王室的争斗中，成为牺牲品。悲愤之下，他拔剑击柱，高歌《南奔书怀》，记叙了永王的败亡与自己逃亡的悲愤。

很快，永王逃回鄱阳，又逃至大庾岭，中箭被擒，被追兵统领江西采访使皇甫侁处死。

永王身亡后，余党皆被朝廷紧急肃清，追捕其宾从人员。

第七章 大唐挽歌，错付身

李白在彭泽附近被捕，以"附逆作乱"罪关进浔阳牢狱。

至此，从李白入永王府到锒铛入狱，不过四十余天。

3. 身陷浔阳狱

李白身陷囚狱后，心心念念的仕途梦想化为泡影。

狱中，曾经飘逸如仙的诗人，布衣褴褛，满头白发，憔悴不堪。日日悸然。盯着铁窗的锈迹斑斑，悲愤如浪地在胸口翻滚，写下了《箜篌谣》：

攀天莫登龙，走山莫骑虎。
贵贱结交心不移，惟有严陵及光武。
周公称大圣，管蔡宁相容？
汉谣一斗粟，不与淮南舂。
兄弟尚路人，吾心安所从？
他人方寸间，山海几千重。
轻言托朋友，对面九疑峰。
开花必早落，桃李不如松。
管鲍久已死，何人继其踪？

李白传

　　自省的李白仍不明其咎,认为永王东巡是奉玄宗之命,他投身幕府,唯愿纾难救国,满腔热血,居然锒铛入狱,对此,他心中充满疑惑。在他眼中,肃宗与永王之争,是兄弟阋墙、猜忌生衅。

　　从始至终,他都未能洞悉权力的深层斗争,仅以人情世故反思己行,吸取教训,以为是世风日下,人心不古。

　　这天,李白正独坐囹圄,胸中满是忧愁与失落,忧心忡忡之际,突然听得外面传来低沉的哭泣声,心头一震,急转身望向牢门,便见夫人宗煜风尘仆仆地出现在眼前。他匆忙站起,步履蹒跚地迎上前去,满目惊诧与痛楚地注视着夫人。

　　宗煜一见李白,便再也无法抑制心中的震痛,她急步而来,泪如雨下,令李白喉头哽咽着,久久不能语。

　　一时间,牢房内气氛沉重,只有宗煜的哭泣声与李白沉痛的呼吸交织回荡。李白心中满是无力与痛楚,他多想伸手拭去夫人颊上的泪痕,驱散她心头的愁云,但现实的枷锁令他束手无策,唯有默默承受着这份苦楚。

　　原来,宗煜在庐山听到李白身陷浔阳狱中,心急如焚。她不顾一切,立即登上崎岖山道,翻山越岭,夜以继日赶来浔阳。一到达,她便直奔官府,哀求有司,祈望能对李白宽大处置。然后,她来牢中探望,一见夫君蓬头垢面,面容憔悴,不

第七章 大唐挽歌,错付身

禁泪如泉涌。李白见此,亦是心痛难当。

宗煜的悲痛,既是因为夫妻情深,也因李白的蒙冤。她深知李白加入永王府是出于一片忠君报国之心,却不幸卷入皇室的权力斗争,终成牺牲品。

接下来,宗煜四处打听,奔波求助,寻找解救李白的方法。得知张秀才将赴扬州见高适,而李白与高适有交情,宗煜便请张秀才转交李白的《送张秀才谒高中丞并序》,希望借此求得高适的帮助。

然而,李白望穿秋水,夜不能寐,日复一日,终究未等来高适的回音。

囹圄中的每一天,他都饱受忧患、焦虑与痛苦的折磨。正如余秋雨所说,在巨大的政治乱局中,最痛苦的是百姓,最狼狈的是诗人。李白就是安史之乱以后最狼狈的诗人。

即便是杜甫,也早日于逃难中奔到灵武,投奔了新皇唐肃宗。

后来,得知旧时相识的魏少游已在肃宗朝升任右司郎中,李白便向他投《万愤词投魏郎中》求救,诗云:

海水渤潏,人罗鲸鲵。

蓊胡沙而四塞,始滔天于燕、齐。

何六龙之浩荡,迁白日于秦西。

九土星分,嗷嗷凄凄。

南冠君子,呼天而啼。

恋高堂而掩泣,泪血地而成泥。

狱户春而不草,独幽怨而沉迷。

兄九江兮弟三峡,悲羽化之难齐。

穆陵关北愁爱子,豫章天南隔老妻。

一门骨肉散百草,遇难不复相提携。

树榛拔桂,囚鸾宠鸡。

舜昔授禹,伯成耕犁。

德自此衰,吾将安栖。

好我者恤我,不好我者何忍临危而相挤。

子胥鸱夷,彭越醢醯。自古豪烈,胡为此繄。

苍苍之天,高乎视低。如其听卑,脱我牢狴。

傥辨美玉,君收白珪。[1]

墨尽笔停,李白仍沉溺于悲愤之中,不能自拔。难怪他在诗题上冠以"万愤词"。从燕塞的狂风巨浪,到九州的破碎,

---

[1] 《李太白全集》(上下),(清)王琦注,中华书局,2018年版,第955页。

第七章 大唐挽歌，错付身

百姓流离，他一一诉之笔端。忠心耿耿却遭囚禁，冤情无处可诉，唯向苍天悲鸣，泪洒囹圄。思亲念国，忧心如焚。更痛心的是，朝堂之上是非混淆，忠奸不辨，道德沦丧，令人茫然失措。面对自身的遭遇，李白不禁疾呼：恩人啊，能否怜悯我此刻的困境？无情的人啊，岂能再对我加以伤害？

这一场呼救，令他心内大恸，泪流满面，呜咽不止。

不知道过了多久，他才缓过神来。

片刻后，复又泪下，他这一生啊！半生坎坷多舛，老了老了，还得遭受铁窗之苦，遭受狱吏的刁难，遭受流言蜚语的侵蚀，受尽屈辱与摧残。

此一刻，他的伤感呼天抢地，血泪淋漓。

傍晚时分，李白又闻崔涣以宰相之尊兼任江淮宣慰使，正巡视浔阳，便接连呈上《狱中上崔相涣》《系浔阳上崔相涣三首》《上崔相百忧章》等诗，恳求其援救。

终于，在多方奔走与呼救之下，迎来了转机。

是年，夏，在崔涣和宋若思的共同努力下，李白终获释放。

4. 独潓深

李白出狱后,入宋若思幕府中任参谋。

宋若思,为李白早年故友宋之悌的儿子,时任御史中丞,正充任采访使,统领三千精兵沿长江疾驰河南。途经浔阳,得悉李白身陷囹圄,遂与崔涣联手施救。

李白在获释后,迅即投身于宋若思的幕府,担任军事参谋,伴随军队前往武昌,并筹划着赴河南参与抗敌平叛的壮举。

他虽历经坎坷,但报国之志未曾消减。加入宋若思幕府后,壮志再度被点燃,他满怀激情,提笔赋《中丞宋公以吴兵三千赴河南军次寻阳脱余之囚参谋幕府因赠之》:

独坐清天下,专征出海隅。

九江皆渡虎,三郡尽还珠。

组练明秋浦,楼船入郢都。

风高初选将,月满欲平胡。

杀气横千里,军声动九区。

白猿惭剑术,黄石借兵符。

戎虏行当剪,鲸鲵立可诛。

自怜非剧孟,何以佐良图?

第七章　大唐挽歌，错付身

除了向宋若思表达敬仰，李白更热切期望能再度立功，期望能得到肃宗朝廷的重用，以实现自己辅佐君王、造福百姓的宏愿。所以他在写《为宋中丞自荐表》时，用心之深，可见一斑，曰：

臣某闻，天地闭而贤人隐，云雷屯而君子用。

臣伏见前翰林供奉李白，年五十有七。天宝初，五府交辟，不求闻达，亦由子真谷口，名动京师。上皇闻而悦之，召入禁掖。既润色于鸿业，或间草于王言，雍容揄扬，特见褒赏。为贱臣诈诡，遂放归山，闲居制作，言盈数万。属逆胡暴乱，避地庐山，遇永王东巡胁行，中道奔走，却至彭泽。具已陈首。前后经宣慰大使崔涣及臣推覆清雪，寻经奏闻。

臣闻古之诸侯进贤受上赏，蔽贤受明戮。若三适称美，必九锡光荣，垂之典谟，永以为训。臣所管李白，实审无辜，怀经济之才，抗巢、由之节。文可以变风俗，学可以究天人，一命不沾，四海称屈。

伏惟陛下大明广运，至道无偏，收其希世之英，以为清朝之宝。昔四皓遭高皇而不起，翼惠帝而方来，君臣离合，亦各有数，岂使此人名扬宇宙，而枯槁当年。传曰：举逸人而天下归心。伏惟陛下，回太阳之高辉，流覆盆之下照，特请拜一京官，献可替否，以光朝列，则四海豪俊，引领知归。不胜悾悾之至，敢陈荐以闻。[1]

这是李白为宋中丞向朝廷举荐自己而写的一篇表文，恳请朝廷能够给予他一次机会，让他能够在政治上有所作为。文中，李白对自己的才华、品行和学识满怀自信，甚至自视甚高，壮志豪情不减当年。

诚然，李白在自荐中或有自诩之嫌，对肃宗的期望亦显理想化。然而，即便历经磨难，他仍初心不改，不管人情冷暖，无畏世间迎拒，始终怀抱着一颗赤子之心。

可惜，宋若思的举荐未获朝廷回音，令李白感到焦虑和前途未卜。

九月，又因身体微恙，李白便离开宋若思的幕府，独自渡过长江，前往宿松山中养病。

养病期间，李白倍感孤寂，四顾无援。每当夜幕低垂，他便独坐于幽暗中，目光黯然，望着那迟迟升起的月光。月光如银，洒落在他的白发上，愈发白亮，愈发映衬着他内心的焦虑、无奈与苍凉，心境愈发支离破碎，忧愁与日俱增。

---

[1] 《李太白全集》（上下），（清）王琦注，中华书局，2018年版，第1036~1038页。

第七章　大唐挽歌，错付身

清晨，寒鸦声声，虫鸣趯趯，李白步履蹒跚，踏过满地落叶与秋雨，心不在焉地走在山间小道，泪水悄然滑落，润湿了脚下的泥土。

不知过了多久，秋风拂面，泪痕渐干。他怀着满腔哀愁，哀伤地穿行于寒气逼人的小树林中。四周空旷，举目望天，只见飞鸟南来北往，不见人烟。

回来后，他用乐府古题写了首《独漉篇》：

独漉水中泥，水浊不见月。

不见月尚可，水深行人没。

越鸟从南来，胡雁亦北度。

我欲弯弓向天射，惜其中道失归路。

落叶别树，飘零随风。

客无所托，悲与此同。

罗帷舒卷，似有人开。

明月直入，无心可猜。

雄剑挂壁，时时龙鸣。

不断犀象，锈涩苔生。

国耻未雪，何由成名？

神鹰梦泽，不顾鸱鸢。

李白传

为君一击，鹏搏九天。

传说"独漉"遄急浚深，浊流滚滚，即使在月明之夜，也吞没过许多行人。

李白在《独漉篇》中，以"独漉"之水比喻自己陷入困境，水深泥浊，不见月光，有被淹没之虞。他仰望苍穹，目睹鸟儿迷失归途，心生怜悯，欲张弓射箭却又不忍。继而追忆昔日曾受恩主相助，如今主客星散，自身飘零，如落叶无依。

直到这时，李白仍认为自己加入永王府心如明月，纯洁无瑕，未料今日竟陷入此绝境，报国无门，壮志难酬。他以雄剑挂壁生锈，来喻自己的才能未被用，心生哀怨。随之又悲叹，国耻未雪，自己又怎能建立功名？

然而，李白始终不曾放弃，始终期待着有朝一日，能如神鹰搏击长空，一展抱负，以报答那些曾给予他援引的恩人。

正因此，李白才忧虑，才对前途感到惶恐，才担心因永王之事受牵连，同时亦渴望洗雪冤屈，重新证明自己的忠诚。

十月，张镐以宰相之尊兼河南节度使，统领淮南等道诸军事，率兵解睢阳之围，途经宿松。李白与张镐有旧情，闻讯，急赠诗以求援。

这时候的他，还雄心勃勃，时时心系国运，忧念苍生，要参与平定叛乱，要澄清天下胡尘，怎会料到，不久后，会被再次下狱，会被流放夜郎。

5. 流放夜郎

至德三载（758），二月五日，肃宗亲临丹凤门，大赦天下，改至德三年为乾元元年，改"载"为年，尽免百姓本年的租税和劳役。

是月，唐肃宗朝廷追究李白的从璘附逆之罪，判处"加役刑"，流放夜郎，为期三年。

临行之际，浔阳的诸多官吏聚在凌烟楼，为李白饯行。宴会上的气氛压抑沉重，难以开怀畅饮，李白更是忧思重重，悲愁难抑。至夜深人散，他仍自斟自酌，独自沉醉，泪洒江天。

三月，李白自浔阳起程，前往夜郎。

清晨，李白在曙光中告别凌烟楼，踏上去往夜郎之路。至夜，抵达永华寺，在孤灯下，他潸然泪下，挥笔写下《流夜郎永华寺寄浔阳群官》：

朝别凌烟楼，贤豪满行舟。
暝投永华寺，宾散予独醉。

李白传

  愿结九江流，添成万行泪。

  写意寄庐岳，何当来此地。

  天命有所悬，安得苦愁思？

  此诗，既是答谢为他送行的官员们，也是于古刹幽寂中提笔抒怀。一切都是天命所定吧，他泪眼婆娑地勉励自己不必苦想愁思。

  李白长叹一口气，搁下笔，回首望向宗煜。夫人的贤德，以及为他身陷囹圄而奔走哭救的深情，令李白眼中再次涌起泪水。他心中满是愧疚、自责与心痛。

  这时候的夫人与妻弟宗璟还一路陪着他，直至千里外的乌江。

  他们一同乘舟，扬帆而至西塞山下的驿站。

  只见四周被群山环绕，山势峥嵘，众壑百川，皆交会于长江。李白伫立舟头，望水深波诡，似有潜龙，或将兴云布雨，来缓解人间的炎热与干旱。他亦如枯木般期盼甘霖啊！面对漫长的前路和短暂的春光，朝廷的恩泽难以等来，唯有像屈原一样，在泽畔空吟下《流夜郎至西塞驿寄裴隐》，将这份情感寄托于诗中，遥寄给江南旧友。

  至江夏，这天，李白与好友史郎中在黄鹤楼下的一家酒肆

第七章　大唐挽歌，错付身

小聚。忽有《落梅花》的笛声随风而起，四处飘散，仿佛五月的江城突降梅花雪。此情此景，唤起李白无限的思绪，他带着失望、忧虑与愤慨，叹息道："一为迁客去长沙，西望长安不见家。"（《与史郎中钦听黄鹤楼上吹笛》）

出了酒肆，李白的怨愤仍旧难消，遂拾级而上黄鹤楼，凭栏远眺鹦鹉洲，追思起祢衡的往事。

祢衡，东汉末年的才子，恃才傲物，触怒了权倾天下的曹操。曹操虽不重用他，却也未忍加害，将其送往刘表处。刘表亦难容其傲气，遂转赐于江夏太守黄祖。黄祖之子黄射，一次在武昌宴请宾客，得鹦鹉而命祢衡作赋，以赋咏之。祢衡提笔立就，文采斐然，辞藻华丽，鹦鹉之赋，字字珠圆玉润，句句生辉。然祢衡终因不驯，遭黄祖所害，葬于斯洲。后人因此称此地为鹦鹉洲。

鹦鹉洲，因祢衡一篇《鹦鹉赋》而名扬千古。

李白不禁吟下《望鹦鹉洲怀祢衡》：

魏帝营八极，蚁观一祢衡。
黄祖斗筲人，杀之受恶名。
吴江赋鹦鹉，落笔超群英。
锵锵振金玉，句句欲飞鸣。

鸷鹗啄孤凤，千春伤我情。

五岳起方寸，隐然讵可平？

才高竟何施，寡识冒天刑。

至今芳洲上，兰蕙不忍生。

几日后，李白走出屋，踱步到门口，正放眼望长安，竟然听到旁边有人在打听他。原来是张镐托人从长安给他带来了罗衣和五月五日赠诗，令他无比欣慰，激动之下，挥毫作答，回赠谢意。

这份长安友人的馈赠，立时暖了他寒冷的心。

他顿时眉开眼笑。

九月，凉风习习，李白告别江夏，继续逆江而上。

舟行至三峡，巫山高耸入云，巴水奔腾不息，而那青天，仿佛永远遥不可及。又是逆水行舟，舟行缓慢。舟上的李白不禁眉头紧锁，愁容满面，回首望去，心之所愿，似随波逝去，遂痛楚地写下《上三峡》。

继而抵达涪陵，于乌江与长江的交会处，李白与夫人宗煜及其弟宗璟依依话别。因为依大唐律法，谋反罪者家属亦须流放三千里。故夫人与李白自浔阳起程，共同踏上了流放夜郎的漫漫长路。宗璟亦陪姊同行。这时，传来乾元元年（758）十

第七章　大唐挽歌，错付身

月初四甲辰，朝廷册封新天子，大赦天下，所有囚徒以下罪者一律释放。赦书传至涪陵，夫人宗煜得以获释，放还豫章。

三人行，最终变成了一个人。

分别时，李白作了灼热的《窜夜郎乌江留别宗十六璟》来辞别妻弟。这首诗共二十六行，前半篇述说宗家兴衰，后半篇则倾诉与老妻之情，自谦非东床佳婿，而赞夫人贤惠，为其备食时不敢仰视，举案齐眉。又念自己浪迹萍踪，未能出人头地，只博得一个虚名，未能成就大业。如今身陷囹圄，流放夜郎，得姊弟千里相送，心中愧疚。

接着，李白望向夫人，彼此泪盈满眶，顿住的一刻，话已说不出口。

他只能低首为夫人赋上《双燕离》。一对燕子，曾于玉楼珠阁中双栖双飞，多么令人艳羡的和谐美满。然而，好景不长，长安的柏梁台一场大火，燕子不得不离散。吴地的燕巢亦遭火焚，雏鸟尽失，巢空燕去。雌燕一身的憔悴，唯留回忆往昔的温馨时光，唯留下无尽的哀伤与思念，绵绵不绝。

李白的一颗心，几乎碎在夫人面前。从昔日朝堂之上的辉煌到如今壮志已付东流，清白之身反成叛逆，反在暮年被流放，这种种磨难，令他痛不欲生。

挥泪别了夫人与宗璟后，李白黯然独白，向着夜郎进发。

第八章　诗魂仙逝，情未了

1. 遇赦东归

李白孤身一人，抵达夜郎。

放眼四望这边荒之地，满目苍茫，不见人烟，只有风声鹤唳。

风不停地呼啸着。

日复一日，他常常翘首南望。夜幕降临时，便独自仰望星空，向星星和月亮倾诉着思念，期盼着家书的到来。

然而，南飞的雁群，一队队北归，却未能捎来他所渴望的音讯。豫章的妻子，仿佛远在天涯，书信难至，令他心酸落泪地写下了《南流夜郎寄内》：

李白传

夜郎天外怨离居,明月楼中音信疏。

北雁春归看欲尽,南来不得豫章书。

这天,他走在荒地边,想到三国时虞翻得罪孙权被逐,虽处流放之中,仍有所作为,讲学不倦,桃李满门。便由此自勉,逆境中也应当自强不息,坚守本心与节操,如四季青松,历尽风霜,心志不改,坚韧不拔。纵寒风吹落芳桂,也不能使古松低头,他亦不会为流放而倒下,遂创作了《赠易秀才》以自勉。

他紧抿双唇,眼神坚定地远眺前方。哪怕遥遥千里,人世艰辛;哪怕光阴漫漫,沉浮难料,归期无望。回首这一生,山高水长,物象千万,何曾因一时一事,困住过他?

他向来在人群中已非凡夫俗子,何况独自一人呢?更是有无限可能。

这日清晨,李白正在梳洗,忽闻赦书至,原来乾元二年(759)二月,朝廷因春荒而颁布了《以春令减降囚徒敕》;"其天下见禁囚徒,死罪从流,流罪已下一切放免。"(《唐大诏令集》卷八四)赦书三月传到夜郎。

李白闻赦,大喜,立即离开了谪居四个多月的夜郎,抵达夔州的白帝城。

到白帝城后，李白即刻登舟，顺流而下。舟行如箭，一日千里，目不暇接，只觉耳际回响着两岸的猿啼声，而轻舟已悄然穿越重重山峦，已然是江陵在望。他欢畅地吟下《早发白帝城》：

朝辞白帝彩云间，千里江陵一日还。
两岸猿声啼不尽，轻舟已过万重山。

重获自由的李白，一路上，乐呵呵地笑着，白发随风飘扬，整个人神采奕奕，仿佛那经年累月的忧愁也一扫而空。他如释重负，心境豁然开朗，步伐也变得轻捷有力。

真真是，人逢喜事精神爽，白首亦可回韶光。

2. 滞留荆州

不久，李白便回到江夏。

他驻足在江夏街头，见商旅往来，市井繁荣，身心振奋，接连创作了《流夜郎半道承恩放还兼欣克复之美书怀示息秀才》《自汉阳病酒归寄王明府》等诗篇，广结良朋，关注时局，期盼能重整旗鼓，再展宏图。

这天，适逢江夏太守韦良宰任期届满，要回京任职，李白赶紧写了首长诗《经乱离后天恩流夜郎忆旧游书怀赠江夏韦太守良宰》相赠，倾吐了平生的抱负与志向，期望韦良宰能入朝荐举自己。

这首长诗，纵横恣肆，激荡澎湃，以回忆与韦良宰的交游为线索，陈述自己一生的坎坷遭遇和各个时期的思想情怀。诗中，李白仍旧不失往日的自负，视历代帝王如浮云，认为他们不懂治国之道，只知以战取胜，而自己研究过治乱之道，略通争王称霸的韬略，并期望以此取得功名。他恳请韦良宰回京后，能向朝廷推荐自己的"贾生"之才，为国效力，让自己有参与平叛报国的机会。

此时的李白，虽已五十八岁，仍怀"烈士暮年，壮心不已"的志向，情真意切。

而这篇五言长诗的巨作，完美地将叙事、抒情、言志融为一体，除却杜甫，怕是难有能与之匹敌之人。

然而，李白在江夏滞留数月，四处求助，却屡屡碰壁，无一人能助其如愿。

因此，郁郁不得志的伤心，令李白更显苍老憔悴，常感"报国有壮心，龙颜不回眷"（《江夏寄汉阳辅录事》）的悲哀，便又常常沉溺于酒乐，以狂歌痛饮来宣泄胸中的块垒，仿佛已

第八章　诗魂仙逝，情未了

将一颗明月般的心，折损得支离破碎，难以复圆。

这一日，李白又应邀赴宴。宴会上，觥筹交错，笑语喧哗，宾朋满座。李白却独坐一隅，举杯自饮，目光不经意掠过熙攘的人群，却忽地定在一处——那不是长安的韦冰？

两双眼眸，在喧闹中相遇，满是惊讶与不可置信。"韦冰。""太白。"两人几乎同时起身，异口同声呼唤对方的名字。

他们随即穿过人群，聚在一起。这意外的重逢，恍如梦境。几年来兵荒马乱，他们各自天涯，哪会料到还能相见。

他们离开宴会，觅得一所静谧处，坐下来，互诉衷肠。

李白是遇赦的罪人，韦冰系被贬的官员。

李白细述了自己锒铛入狱、流放夜郎的坎坷经历，言语间满是对命运的无奈、对未来的迷惘。韦冰亦倾吐了自己被贬的跌宕起伏，以及对彼此友情的珍重。

话毕，彼此安慰。

李白回忆道："昨日宴上，绣衣贵达们为我斟酒，礼遇甚重，却难解我心中的郁闷。"

韦冰则劝慰道："你在南平太守李之遥处所听的真心话，定会让你心胸开阔，我今日听到，都觉得心旷神怡。"

李白语气平和，却掩不住内心的激流暗涌，道："的确，

李白传

那些话语令人心旷神怡。然而，心中的郁结，却似雷雨前的压抑，难以遣散。"

言罢，李白捏着酒盅，悲愤地高吟《江夏赠韦南陵冰》：

胡骄马惊沙尘起，胡雏饮马天津水。
君为张掖近酒泉，我窜三巴九千里。
天地再新法令宽，夜郎迁客带霜寒。
西忆故人不可见，东风吹梦到长安。
宁期此地忽相遇，惊喜茫如堕烟雾。
玉箫金管喧四筵，苦心不得申长句。
昨日绣衣倾绿樽，病如桃李竟何言！
昔骑天子大宛马，今乘款段诸侯门。
赖遇南平豁方寸，复兼夫子持清论。
有似山开万里云，四望青天解人闷。
人闷还心闷，苦辛长苦辛。
愁来饮酒二千石，寒灰重暖生阳春。
山公醉后能骑马，别是风流贤主人。
头陀云月多僧气，山水何曾称人意。
不然鸣笳按鼓戏沧流，
呼取江南女儿歌棹讴。

第八章　诗魂仙逝，情未了

> 我且为君捶碎黄鹤楼，
> 君亦为吾倒却鹦鹉洲。
> 赤壁争雄如梦里，且须歌舞宽离忧。[1]

仿佛心头压抑的山洪、怨屈的、痛心的，绝望的，不堪回首的、辛酸无奈的，在悲慨激昂的声音里持续转换的、热烈充沛的——至老未衰的"不干人、不屈己"的性格，"大济苍生、四海清一"的抱负，一下子爆发了。

这是李白的暮年之作，较之前期作品，思想更透，技艺愈臻，然而笔锋所至，依旧傲岸不羁、风流倜傥，个性卓然，豪放之气不减，凌厉之势更胜，一股睥睨天下的气势。

李白滞留期间，应裴侍御之邀游历洞庭湖，来到岳阳。在岳阳还遇见了被贬谪的贾至和李晔。三人聚首，感慨万千。李白便创作了《陪族叔刑部侍郎晔及中书贾舍人至游洞庭五首》。

不料，在这时，襄州将领康楚元、张嘉延等举兵反唐，攻陷荆州，百姓遭殃；起兵叛唐，袭破荆州，祸害民生，从八月至十一月，李白愤然而作《荆州贼乱临洞庭言怀作》《九日登巴陵置酒望洞庭水军》《临江王节士歌》等作品。

---

[1] 《李太白全集》（上下），（清）王琦注，中华书局，2018年版，第500~501页。

可见，李白虽然经历了浔阳狱、长流夜郎的沉重打击，但是面对反唐乱贼，仍怀着老骥伏枥的英雄气概，秉承着一腔赤子情怀。

3. 病倒金陵

是年，岁末，李白回到豫章家中。

夫妻团聚，悲喜交集。

不料，没多久，宗煜突然提出要上庐山追随李腾空幽居修道。李白瞠目结舌，却不得不尊重夫人的选择，遂作《送内寻庐山女道士李腾空二首》为她送行。

眼睁睁地看着她离去。

他便离开豫章，赴金陵。

在金陵的李白，没有固定的经济来源，非但落魄，更是流落在民间，依人赈济为生，日子维艰，三餐不饱，更别说有饮酒的钱。

一日，李白在路上偶遇从甥高镇，心中喜悦，便想邀他至酒楼畅饮，然囊中羞涩，只得解下随身佩戴的宝剑，来换酒请客。

在酒楼中，两人互诉人生的失意之苦。李白感慨道："你

第八章　诗魂仙逝，情未了

虽登进士，却不得进阶任职。我则沦落天涯，穷愁潦倒。这所谓的清平世界，竟不能举贤授能，连廉颇、蔺相如般的英雄豪杰都遭人轻视，甚至三岁小儿都敢唾之，何其荒谬！"遂悲愤而作《醉后赠从甥高镇》：

> 马上相逢揖马鞭，客中相见客中怜。
> 欲邀击筑悲歌饮，正值倾家无酒钱。
> 江东风光不借人，枉杀落花空自春。
> 黄金逐手快意尽，昨日破产今朝贫。
> 丈夫何事空啸傲？不如烧却头上巾。
> 君为进士不得进，我被秋霜生旅鬓。
> 时清不及英豪人，三尺童儿唾廉蔺。
> 匣中盘剑装䱐鱼，闲在腰间未用渠。
> 且将换酒与君醉，醉归托宿吴专诸。

后来，在赠别高镇的诗作中，他又怨愤地说："自笑我非夫，生事多蹉跎。积愤万古深，何处得宣泄？"（《赠别从甥高五》）

到晚上，身无分文、无处栖身的李白，只得求宿于吴国侠士之宅。

李白传

然而，境遇困顿至此的李白却不失老当益壮的气概。当获悉上元二年（761）五月，朝廷擢升李光弼为天下兵马副元帅，统率百万大军南下，驻守临淮（今泗州），旨在荡平史朝义的叛乱，重建浙东袁晁之乱后的秩序时，时年已经六十一岁的李白，竟奋然而起，不顾年老体衰，勇锐犹似年少，热血沸腾地前往请缨参军。

在《闻李太尉大举秦兵百万出征东南，儒夫请缨，冀申一割之用，半道病还，留别金陵崔侍御十九韵》一诗中，李白详细记叙了这件事情的始末。

他毅然前往，决意为平定叛乱贡献自己的绵薄之力，洗雪国耻，报效国家。就像他气势磅礴的诗篇铸就的皇皇巨著，被世间的芸芸众生一读再读，激荡在胸。

只是，天不遂人愿。

在前往从军的路上，李白病倒了，别说投身沙场，连李大尉的面都未能见到。

他长吁短叹，只得返还金陵。

之后，病倒在金陵的李白，孤苦无依，无以为生，穷途到了末路，病体难支，不得不含泪离开金陵。

之后，他拖着病体，似孤风般飘零，游荡在这凄凉的世间，苦苦寻求着一线生机。

4. 哭暮年

最终，走投无路的李白，来到当涂投靠他的族叔李阳冰，诚惶诚恐地请求李阳冰的怜悯。

他曾在《献从叔当涂宰阳冰》诗中说："……小子别金陵，来时白下亭。群凤怜客鸟，差池相哀鸣。各拔五色毛，意重太山轻。赠微所费广，斗水浇长鲸。弹剑歌苦寒，严风起前楹。月衔天门晓，霜落牛渚清。长叹即归路，临川空屏营。"

是要，有多难过。

好在时任当涂县令的李阳冰慷慨接纳了他。

李白在当涂调养了一段时间后，病体渐愈，心情也好了许多，便又出游附近的历阳、宣城、南陵等地。

这天，他抵达宣城，旧地重游之际，来到纪家酒肆。以前李白在宣城时，对纪家的老春酒情有独钟，三天两头来喝，也与酿酒的纪老汉共饮，交情深厚。然而这次来到门前，却见酒肆门扉紧闭，一片寂寥，经询问，才知纪老汉已驾鹤西去，听得李白刹那间悲痛不已。

他手扶竹杖，站在荒废的酒肆前，沉浸在对纪老汉的追忆与默想中——那位擅长酿酒的老汉，是否在黄泉之下继续酿造着美酒？然而，他转念又一想，阴阳两隔，生死殊途，自己尚在尘世，而纪老汉已在黄泉下，即便有美酒，又将与谁共酌呢？本来是你酿我饮，彼此相依，如今却天人永隔！

想到此，李白泪如雨下，失声痛哭。

然后，他涕泗横流地写下了《哭宣城善酿纪叟》一诗：

纪叟黄泉里，还应酿老春。
夜台无李白，沽酒与何人？

然后，他继续在宣城的山道上，策杖徐行，看见前面山坡上，一簇簇的杜鹃花开，灿烂似火，不由止步。记忆中，在家乡，每逢杜鹃花开，杜鹃鸟便开始啼鸣，从黄昏到黎明，一声又一声，声声不断，直至声音沙哑，直至凄厉的叫声仿佛泣出血来，诉说着无尽的哀愁与思念。父亲说那是杜鹃啼血。

相传，杜鹃鸟是古蜀帝杜宇的化身，他生前关心民生，教导农耕，深受百姓爱戴。然而，杜宇因国事忧虑，最终化作杜鹃鸟，每到春天便四处飞翔，发出声声哀鸣，提醒人们"不如归去"，直啼出血来，染红漫山的花朵。

李白看着眼前这些鲜血般红的杜鹃花，宛如听到杜鹃鸟的悲鸣。猛然之间，他心头悲怆，往事历历在目。他依然记得那个风华正茂的少年正辞别故土，仗剑天涯，一路而去。倏尔，

第八章　诗魂仙逝，情未了

人却不知已至暮年。一生蹉跎，他竟未来得及归还故里，而身已老。顿时，这一声声"不如归去，不如归去"的哀号，撕裂了他的心，令他肝肠寸断，老泪纵横。

他深知，半生漂泊，岁月无情地吞噬了他的身心，如今已是风烛残年，归乡成了奢望。唯有杜鹃鸟的哀啼，回荡在耳畔，恍如母亲那惊心动魄的呼唤，震撼着、刺激着他的每一根神经，让他痛彻心扉。

从杜鹃花的怒放到杜鹃鸟的悲鸣，映照了他一生的坎坷与悲凉。

他站在一坡的花前，身躯微颤，不敢言语，怕一开口便流泪，默默地吟下《宣城见杜鹃花》：

蜀国曾闻子规鸟，宣城还见杜鹃花。
一叫一回肠一断，三春三月忆三巴。

一个字一个字，字字情动肺腑，骤然间，泪水已如洪流湮没了他。他泪流满面……除了泪，还是泪，怎能不泪下，他仍在这世间寻觅，却已是枯骨朽木，时日无多。

又一阕蚀骨的相思，吞噬着世间人心。

他终在死亡的威逼下，哭了。

5. 绝笔当涂

宝应元年（762），秋，李白回到当涂。

一病不起。

病情日益加重。

他自知不久于人世，便将平生著作手稿交给李阳冰，拜托他整理编集并为其作序。

李阳冰连日写成《草堂集序》，序言中记载了相关事宜：

阳冰试弦歌于当涂，心非所好，公遐不弃我，乘扁舟而相顾。临当挂冠，公又疾亟，草稿万卷，手集未修。枕上授简，俾予为序。论《关雎》之义，始愧卜商；明《春伙》之辞，终惭杜预。自中原有事，公避地八年，当时著述，十丧其九，今所存者，皆得之他人焉。时宝应元年十一月乙酉也。[1]

后来，李白大病稍愈，便又笔耕不辍，赋有《游谢氏山亭》等篇。

广德元年（763），冬，李白又病倒了。

---

[1]《李太白全集》（上下），金涛声著，巴蜀书社，2018年版，第212页。

第八章　诗魂仙逝，情未了

这一次，尘光郁郁，正一寸一寸地暗淡下去，他自知大限将至，斜卧在榻上，勉强拿起笔，拼力写下最后的绝笔《临路歌》：

> 大鹏飞兮振八裔，中天摧兮力不济。
> 馀风激兮万世，游扶桑兮挂石袂。
> 后人得之传此，仲尼亡兮谁为出涕？

他用尽生命最后一丝力气，一笔一画，执着地写着。如同一只力竭将逝的大鹏。无力振翅高飞的悲壮，让李白想起孔子为乱世的麒麟落泪。谁又会为他这位抱负未竟的大鹏哀悼？涕泪中，他多想要活下去啊。这条命，本是好贵重，却终究由不得他。他只能将此生全部的意义，倾注于诗行。

最后一笔落下。

笔落了，人也倒了，一切都坠入无声无息。

世界凝固了！

带着未竟的壮志与怀才不遇的哀痛，李白油尽灯枯，逝于当涂，享年六十三岁。

他的一生，从诗中启程，以诗为伴，以诗终结，铸成一首永恒的绝唱，穿越千秋，成为不朽的传奇。

就像他坚信的那样,大鹏的遗风将激荡后世。他的诗,已超越生死,永世流传。

至今,无人能超越。

至今,世间仅此一位诗仙。

诗仙虽已仙逝,但诗仙的诗情、诗风、诗骨,以及诗中蕴含的思想深度与生命能量,已然成为中华文化的瑰宝,激励着后人,永世长存,熠熠生辉!

后记　　至今思李白

在历史的长河中，李白的诗篇，给我们带来的最大震撼，是他跨越时空的辽阔，赋予每个人面对逆境的勇气，让每个灵魂都能汲取能量，纵有挫折，亦不失勇往直前的决心。

犹记得，几年前，当我困于案牍的劳形，儿子一句"天生我材必有用，千金散尽还复来"（《将进酒》）的劝慰，霎时驱散了我心中的迷雾，令我眼前一亮，豁然开朗，心境为之一新。

这就是李白诗的魅力，纵有千般凄苦，万种痛楚，皆能由悲转喜，化苦为甘。就像我们每个人的成长历程，历经磨难，而种种苦痛，非但不能将我们摧毁，反而使我们走向生命的成熟与豁达。

彼时暑期，为这部书稿，我特赴河南龙门、洛阳，乃至山西运城博物馆，追寻诗人的遗迹，渴望更真切感受他的气息。

李白传

一路上，虽然隔了千年沧桑巨变，岁月如荒，大地的万千物象已非往昔，然我仍能时时处处感受到他的存在。一山一水，皆映其影，因为他的诗早已融入我们的生命记忆，成为民族精神的一部分，深入炎黄子孙的灵魂深处。

在中国，李白的诗篇与名字，家喻户晓，妇孺皆知。仅凭着声音和血肉之躯的传承，便足以唤起我们对李白的无限神往。

李白漂泊一生，以舟车代步，遍游华夏大地。其诗作流传至今，逾千首，记载着他曾踏足二百余州县，攀登八十余峰，游历六十余川溪……明月清风，尽入其诗，他以诗篇记录了神州的壮丽山河。纵使身处困境，矛盾重重，他的步伐从未停歇。即使长歌当哭，仍旧壮怀激烈，豪情万丈，慷慨地，引领我们跨越时间的洪荒，穿越时空，来到今日。

至今思李白，其毕生的精神追求，常在入世与出世间摇摆、醉醒之间徘徊，以至于仕途多舛，然而那份飘逸出尘、超然物外的赤子之心，始终未变。

至今思李白，其诗中或有谄媚逢迎之作，受人非议。然若无此瑕疵，其诗作果真能更加伟大、更加完美？诚然，人人都渴求完美，然世间无完人。正是这些带有瑕疵的瞬间，成就了人生的真实与广阔。不久前，为一件小事，因为关系到生命的

后记　至今思李白

健康，竟全然激发了我的文思泉涌，救我于枯竭，使我如期完成文稿。

在那个时代，士子们边干谒边不愿折腰权贵，边怀才不遇边不停地追梦，梦醒后的悲愤，皆化作狂放的诗句，大开大合，天马行空，气势磅礴，即便是怅惘孤独，也是满腔的壮烈气概。

是以，品读李白的诗，我常常外表镇定，内心狂舞。刹那间，便与诗中人物心心相印，身临其境，被那股超越时空的洪流所裹挟。即便偶尔以混沌逃避现实，或以佯狂来释放自我，也能在转瞬间摆脱困扰，进入一片新天新地。

众所周知，李白与大唐，彼此成就。

然而，当我沉浸在李白的世界，感受他的苦乐，体验他的人生，写到最后，却豁然顿悟，有时候，一个人的气象，足可以超越时代，成为不朽。

就像李白的诗，是时代的魂，是民族的骄傲，是华夏精神的永恒寄托。

他的诗，不仅以其文采、真情、深意，让我们一窥一个时代的辉煌，感受一位诗人的孤独与奋斗。其作品更蕴含着超越时代的生命力，一种不屈的意志，纵使命运多舛、悲愤交加，心之所向始终是碧海青天。始终奋斗不息，始终怀有坚定信念，笃定自己，即使从云端坠落，亦能激荡千秋，影响万代。亦可如日升旸谷、扶桑之巅，在那千丈高树上悬挂的衣袂，飘扬于人世间，为后世之人指引方向，传承那份不屈不挠、虽九死犹未悔的精神。让我们坚信，风雨之后见彩虹，有梦想就有希望，有希望就有未来。

在通往未来的道路上，李白的诗如明灯，为我们照亮前方，激励着我们勇往直前，不懈探索，持续超越，锲而不舍地为中华民族的伟大复兴贡献我们的力量。

参考文献

1.《李太白诗传》，金涛声著，巴蜀书社，2018年版。

2.《天生我材——李白传》，韩作荣著，作家出版社，2018年版。

3.《天下谁人不识君：李白传》，吴斯宁著，中国民主法制出版社，2024年版。

4.《李白集》，（唐）李白著，三晋出版社，2008年版。

5.《李太白全集》（上下），（清）王琦注，中华书局，2018年版。

6.《李白与杜甫》，郭沫若著，北京联合出版社，2021年版。

7.《故事里的中国5——唐诗风云》，公孙策著，广西师范大学出版社，2023年版。

8.《（中国古典文学读本丛书典藏）李白诗选》，薛天纬校注，人民文学出版社，2017年版。

9.《也说李白与杜甫》，张炜著，人民文学出版社，2023年版。

10.《盛唐到底盛在哪儿》，于赓哲著，江苏凤凰文艺出版社，2023

李白传

年版。

11.《昭明文选全本新绎(全五册)》,张葆全主编,文化发展出版社,2022年版。